I'm Nobody! Who are You?

Emily Dickinson

지은이

에밀리 디킨슨 Emily Dickinson, 1830.12.10~1886.5.15

미국 매사추세츠주의 애머스트에서 태어나 애머스트아카데미를 거쳐 마운트홀리요크여자신학교에서 잠시 공부하였다. 현재 1,800여 편의 시가 알려져 있으나, 그녀가 살아 있을 때 발표한 시는 10여 편에 불과하다. 흔히 삶, 사랑, 자연과 죽음의 주제로 분류되는 디킨슨의 시들은 간결하면서도 아주 강렬하다. 주제마다 번득이는 재치와 진솔한 열정과 예리한 통찰이 돋보인다.

엮고 옮긴이

김천봉 金天峯, Kim chunbong

1969년에 완도에서 태어나 항일의 섬 소안도에서 초·중·고를 졸업하고, 숭실대 영어영문과에서 학사와 석사, 고려대 대학원에서 박사학위를 받았다. 숭실대와 고려대에서 영시를 가르쳤으며, 19~20세기의 주요 영미 시인들의 시를 우리말로 번역하여 소개하고 있다. 최근에『윌리엄 블레이크, 마음을 말하면 세상이 나에게 온다』를 냈다.

소명영미시인선 01
에밀리 디킨슨 시선집

나는 무명인! 당신은 누구세요?

초판인쇄 2024년 4월 21일 **초판발행** 2024년 4월 30일

지은이 에밀리 디킨슨

엮고 옮긴이 김천봉

펴낸이 박성모 **펴낸곳** 소명출판 **출판등록** 제1998-000017호

주소 서울시 서초구 사임당로14길 15 서광빌딩 2층

전화 02-585-7840 **팩스** 02-585-7848

전자우편 somyungbooks@daum.net **홈페이지** www.somyong.co.kr

값 11,000원

ISBN 979-11-5905-891-2 03840

ⓒ 소명출판, 2024

소명영미시인선 01

에밀리 디킨슨 시선집

나는 무명인!
당신은 누구세요?

I'm Nobody! Who are You?

에밀리 디킨슨 지음
김천봉 엮고 옮김

차례

제3부/ **자연** 119

제1부/ 인생

성공
SUCCESS

성공은 아주 달콤할 거라고
성공하지 못한 이들은 생각한다.
쓰라린 결핍을 겪은 후에야
비로소 신주*의 맛을 아는 법이다.

오늘 그 깃발을 잡은
온갖 자줏빛 주인공** 중에서
승리를, 아주 분명하게
정의할 수 있는 이는 없다

실패해서 죽어가는 이만큼,
금지된 귀에 아득한
승리의 가락이 괴롭게
또렷하게 부서지는 이만큼은!

---

*   "신주"는 신들이 마신다는 불로장생의 술(nectar)을 말한다.

** "자줏빛 주인공"은 '성공한 사람들'의 의미로, 고관들이 착용한 옷이 자
   줏빛이었다. 실례로, 추기경(the Purple)을 들 수 있겠다.

명성은 벌 같다

FAME IS A BEE

명성은 벌 같다.
노래도 품고 —
침도 품고 있다 —
아, 또 날개도 달려 있다.

명성은 쉽게 상하는 음식
FAME IS A FICKLE FOOD

명성은 쉽게 상하는 음식
움직이는 접시에 담겨 나오는
명성의 밥상은 한 번
손님을 받으면
두 번 다시 차려지지 않는다.

명성의 부스러기, 까마귀도 세밀히 살피고
비꼬듯이 까악까악
지나쳐서 농부의 밀밭으로 날아간다 —
사람들만 그것을 먹고 죽는다.

나는 무명인! 당신은 누구세요?
I'M NOBODY! WHO ARE YOU?

나는 무명인! 당신은 누구세요?

당신 — 역시 — 무명인이에요?

그럼 우리 둘이 짝꿍이네요!

말하지 마세요! 다들 떠벌릴 테니 — 알잖아요!

유명인이 — 되면 — 얼마나 따분한데요!

하도 많이 공개되어 — 개구리처럼 —

우러러보는 늪에 대고 — 6월 내내 —

개굴개굴 자기 이름 알려주느라요!

도서관에서
IN A LIBRARY

우연히 만나는 지난 세기
　꼭 그 차림의 고서는
스러져가는 귀한 기쁨 같은 것이다.
　그의 유서 깊은 손을 잡고

우리의 손으로 한두 절
　따듯이 품어주고도
그의 젊은 시절을 손에 넣는
　근사한 특권 같은 것이다.

그만의 특이한 견해들을 조사해서
　그만의 지식을 털어 놓는다
그 옛 문헌이 우리의 정신과
　어떤 연관성이 있는지

플라톤이 유일한 확신이었고
　소포클레스가 대장부였을 때
또 사포가 물오른 소녀였고

베아트리체가 단테의

거룩한 드레스를 입었을 때는
　무엇이 학자들의 큰 관심사였고
어떤 경쟁들이 펼쳐졌는지.
　수 세기 전의 사실들을

세월을 거슬러 친숙하게 전해 준다
　마치 누군가가 마을로 찾아와서
당신의 꿈들이 뿌려진 곳에서 살았다며
　그 꿈들이 다 사실이라고 말해주듯이.

눈앞의 고서는 황홀한 마법이다.
　아무리 가지 말라고 애원해도
옛 책들은 고급 피지 머리 가로저으며
　꼭 그렇게 감질나게 한다.

책
A BOOK

우리를 여러 나라로 데려다주는
　책 같은 프리깃함*은 없다.
의기양양하게 나아가는
　시 구절 같은 준마는 없다.
이 횡단은 통행료 부담 없이
　극빈자도 태워준다.
사람의 영혼을 싣고 가는
　얼마나 검약한 마차인가!

---

* "프리깃함"은 1750~1850년경의 상갑판 중갑판, 두 갑판에 포를 장착한
　목조 쾌속 범선.

외딴집

THE LONELY HOUSE

한길에서 떨어진 외딴집 몇 채를 알고 있다
도둑이 주시할 만한 집들 ―
나무 빗장이 걸리고
나직이 달린 창문들,
어서 오세요, 하는 듯한
주랑 현관도
둘이 몰래 다가갈 만한 곳이다.
한 손은 장비를 들고
다른 손은 슬쩍 들여다보며
다 잠들었는지 확인하는 임무.
구식 케케묵은 눈들
쉽사리 놀라지도 않으리라!

밤이면 부엌이 어찌나 조용해 보이는지
단출한 괘종시계 하나뿐 ―
그러나 그 똑딱 시계의 입만 막으면
생쥐조차 짖지 않으리라.
그러면 벽들도 입을 다물어

아무도 입도 뻥긋하지 않으리라.

안경이 벌어지며 살짝 꿈틀 ─
달력도 알아챈다.
돗자리가 윙크했나,
소심한 별빛이었나?
달이 계단 타고 스르르 내려와서
침입자들의 정체를 드러낸다.

도둑이 들었다 ─ 어디에?
큰 맥주 컵도 수저도
귀걸이도 보석도
할머니의 결혼예물
손목시계도, 좀 오래된 브로치도
다 제자리에 잠들어 있었다.

낮도 덩달아서 덜걱덜걱,
비밀도 소곤소곤,
햇살이 벌써 세 번째
단풍나무까지 내뻗었다.
수탉이 날카롭게 소리친다.
"거기 누구요?"

메아리를 듣고 떠나가던 열차가

비아냥거린다 — "어디요?"

늙은 부부, 막 깨어날 참에

환상 아침놀이 문을 살짝 열어 놓고 떠났다!

외과 의사

SURGEONS

외과 의사들은 꼭 정말 조심해야 한다
칼을 손에 쥘 때면!
그들의 섬세한 절개에도
죄인 ― 목숨이 꿈틀거리니!

하나님이 의사인가?

IS HEAVEN A PHYSICIAN?

하나님이 의사인가?

　다들 그분이 고칠 수 있다고 한다.

하지만 사후 의술은

　이용할 수 없다.

하나님이 국고인가?

　다들 우리가 진 빚을 얘기한다.

하지만 나는 그런 절충에

　응하고 싶지 않다.

한 가슴이라도 아리지 않게 한다면

IF I CAN STOP ONE HEART FROM BREAKING

한 가슴이라도 아리지 않게 한다면,

살아갈 내 삶이 헛되지 않으리라.

어떤 삶의 고통을 덜어주거나,

어떤 근심을 가라앉혀 주거나,

기절할 듯한 울새를 도와서

둥지로 돌아가게 해준다면,

살아갈 내 삶이 헛되지 않으리라.

기쁨은 마치 비행 같다
DELIGHT IS AS THE FLIGHT

기쁨은 마치 비행 같다 ―
아니면 그와 비슷하게,
학교에서 말하듯 ―
무지개의 길 같다 ―
확 펼쳐진 다채로운
실타래처럼, 비 온 후에,
마음을 환하게 한다,
그렇지만 그 비행은
마음의 양식이었다―

"그대로 있으면 좋으련만"
나는 동쪽 하늘에 부탁했다,
그 휘어진 줄무늬가
나의 어린 시절 창공에
막 떠올랐을 때―
나는 기쁨에 겨워서,
무지개가 일상적인 현상이요,
텅 빈 하늘이 별나다고

믿었다 —

생명체들도 그렇게 대했고 —
나비들도 그렇게 대했다 —
마법을 보았기에 — 그런 것들이
눈을 속일까 봐 —
또 망자들의 아득한 영토에서 —
어느 갑작스러운 아침에 —
우리 몫의 땅도 — 그런 식으로 —
배정될까 봐 두려웠지만—

가슴은 기쁨을 우선하기에

THE HEART ASKS PLEASURE FIRST

가슴은 기쁨을 우선하기에
　고통을 피할 구실을 찾고
다음에는 아픔을 누그러뜨리는
　쪼그만 진통제를 청한다.

그다음에는 잠을 자고
　그다음에는 최후
심판관의 뜻에 따라
　자유롭게 죽고자 한다.

고통의 신비
THE MYSTERY OF PAIN

고통은 휑한 구석이 있어서
언제 시작했는지, 또 없는
날이 있었는지도
기억나지 않는다.

자기 외에는 아무 미래가 없는
고통의 무한영토는
풀리자마자 새로운 시작을 깨닫는
고통의 과거를 품고 있다.

큰 고통 후에는
AFTER GREAT PAIN

큰 고통 후에는 형식적인 기분이 든다 —
신경이 의례적으로 무덤처럼 붙박이고 —
굳은 심장은 묻는다. '그분도 그리 견디셨을까
어제, 아니 수백 년 전에?'

발은 기계적으로 돌아다닌다
땅이든 허공이든 어디든
나무숲 같은 길을 —
무심히 자라난
수정 같은, 보석 같은 안도감 —

이때가 바로 납의 시간 —
살아남으면 기억나리라
얼듯이 추운 이들이 눈을 떠올리듯 —
처음에는 — 오한 — 다음엔 마비 — 이윽고 체념.

실감
REAL

나는 고뇌의 겉모습이 좋다
　그게 사실임을 알기에,
사람은 경련을 가장하거나
　격통을 흉내 내지 않기에.

눈이 흐릿해지면 곧 죽음이다.
　꾸밈없는 번뇌가 이마에
송골송골 꿰어 놓은 땀방울을
　억지로 짜낼 수는 없다.

슬픔
GRIEFS

나는 마주치는 모든 슬픔을
　분석적인 눈으로 잰다
그게 내 슬픔만한 무게인지
　한결 편안한 크기인지 궁금하다.

그 슬픔을 오래 품고 있었을까
　아니면 막 시작되었을까?
나도 내 슬픔의 시일을 모른다
　아주 오래된 고통 같을 뿐.

그 슬픔이 삶에 상처를 줄까,
　그래서 시련을 겪어야 한다면
굳이 그 중간을 택하느니
　차라리 죽고 싶지 않을까?

세월 ─ 수천 년 ─ 이 옛 상처의
　원인 위에 차곡차곡
쌓이면, 혹시 그런 시간의 경과로

잠시나마 여유를 찾으려나?

그게 아니라 수백 년이 지나도
　사랑보다 고통이
더 크다는 생각이 들면,
　새삼 계속 아파할까?

슬퍼하는 이는 많다고 들었다.
　이유야 더 깊이 있겠지만 ―
죽음은 한 번, 딱 한 번 찾아와서
　두 눈에 못을 박는다.

궁핍의 슬픔, 추위의 슬픔도 있다 ―
　모두 '절망'으로 불리는 부류.
고향 하늘 앞두고 고향 사람들의
　눈에서 추방당하는 슬픔도 있다.

어떤 부류인지 정확하게
　말할 수는 없지만, 꼭
나의 슬픔을 닮았구나 싶게
　갈보리 언덕을 지나가는

십자가 형상들을 주시한 채

그대로 넋이 나간 듯 외로이

서 있는 부류처럼, 나에게

사무치는 위안을 주는 슬픔도 있다.

'시간이 약'이라고들 한다

THEY SAY 'TIME ASSUAGES'

'시간이 약'이라고들 한다 —
　시간은 결코 약이 아니었다.
실제 고통이 강해질 뿐이다,
　나이가 들면, 근육이 그러듯이.

시간은 고통의 시금석이지,
　치료 약이 아니다.
그게 정말 약이라면, 세상에
　병 따위는 없었을 것이다.

인생은 거래
LIFE'S TRADES

우는 것도 잠깐이요
　한숨 쉬는 것도 잠깐이지만,
이 둘이 거래로 커지면
　우리 남녀들이 죽는다!

알프스의 하얀 빛
ALPINE GLOW

우리의 인생은 스위스처럼 —
　아주 고요하고 아주 초연하다가,
　어느 이상야릇한 오후에
알프스가 장막을 방치하는 순간
　우리는 더 멀리 보게 된다.

이탈리아가 반대편에 있는데
　어느새, 파수꾼처럼 중간에서
장엄한 알프스,
사이렌* 알프스가
　영구히 끼어든다!

---

* "사이렌"은 그리스신화에서 아름다운 노래로 지나가는 뱃사람들을 유
   혹해서 배를 난파시켰다고 전해지는 바다의 요정.

초상화
PORTRAITS

초상화에는 일상의 얼굴들이,
　저녁의 서쪽 하늘에는
고상한 척, 박식한 척하는 햇살이
　새틴 조끼 차림으로.

술

A LIQUOR

나는 양조된 적 없는 술을 맛본다
  큰 잔을 진주* 속에 푹 담가 떠서.
라인강 강변의 온갖 술통도
  그런 알코올은 못 내주리라!

뜨거운 창공 여관에서
  나는 공기에 취하고
이슬에 도취해서 비틀비틀,
  끝없는 여름 나날을 난다.

여관 주인들이 취한 벌을
  디기탈리스 문밖으로 내쫓을 때도
나비들이 단골 술집과 연을 끊을 때도
  나는 그저 마시고 또 마시리라!

천사들이 눈처럼 하얀 모자를 흔들고

---

* 발효되어 거품이 진주처럼 알알이 맺힌 상태가 연상된다.

성인聖人들도 창문으로 달려와서

태양에 기대어 있는

꼬마 술꾼을 구경할 때까지.

거리가 유리였다

GLASS WAS THE STREET

거리가 유리였다 — 반짝이는 위험 속에
나무와 나그네가 서 있었다.
대기는 즐거운 모험으로 가득했고
길은 소년들로 활기찼다.

유연한 썰매들이 안착한 설렘들처럼 내달려*
도드라졌다가 사라졌다
그게 바로 현재를 초라하게
만드는 과거의 최고 이탤릭체다 —

---

*   이 행의 원문은 "Shot the lithe Sleds like Shod vibrations"로, 첫 연의 눈밭,
눈길 혹은 빙판길("위험")을 눈앞에 둔 "소년들"을 두 번째 연의 "유연한
썰매들"로 보고, '설레는 마음을 다잡고 용감하게 빙판길을 헤쳐 가는
소년들'을 연상하며 번역한 것이다. 썰매에는 미끄럼 쇠를 달지만, 이
소년=썰매들은 '설레는 마음'을 달고 내달린다는 발상이 기발하다. 이
썰매들이 나아가며 "도드라졌다가"('강조'를 뜻하는 "이탤릭체", 업적 혹
은 성취의 뜻) 사라지는 일들이 쌓여서 한 사람의 일대기가 되고, 그런
일대기들이 쌓여서 인류의 역사가 된다는 통찰이 돋보인다.

희망은 깃털 달린 새

HOPE IS THE THING WITH FEATHERS

희망은 깃털 달린 새
영혼의 횃대에 앉아
가사 없는 곡을 노래해도
절대로 멈추지 않기에

질풍에도 아주 달콤하게 들리지만,
폭풍은 괴롭기 마련이라서
숱한 이를 따뜻이 품어준
그 작은 새도 참 난감하리라.

그 노랫소리를 춥디추운 땅에서도
아주 낯선 바다에서도 들었건만,
희망은 절대로, 극한 상황에도
나에게 빵 한 조각 요구하지 않았다.

희망은 교묘한 대식가

HOPE IS A SUBTLE GLUTTON

희망은 교묘한 대식가,
　진수성찬을 즐기지만
면밀하게 살펴보면
　어찌나 금욕하는지!

희망의 식탁은 행복 밥상
　한 번밖에 못 앉지만
어떤 음식을 먹거나
　같은 양이 남아 있다.

시력
SIGHT

내 눈의 빛이 꺼져버리기 전에는
눈을 지닌 다른 생명체들처럼
나도 보는 것을 좋아했을 뿐,
여전히 다른 방법은 모른다.

그런데 혹시 오늘, 누가 나에게
하늘을 내 것으로 가질 수 있다고
한다면, 너무 작은, 내 가슴은
정말 터져버리고 말 것이다.

초원도 내 것, 산들도 내 것, ―
나의 유한한 두 눈 사이에
담을 수 있는 만큼 많은 한낮의
모든 숲, 한없는 별들도.

물에 내려앉는 새들의 동태도,
번개의 엇갈리는 진로도,
내가 원할 때 바라보는 내 것이라면, ―

그 소식에 놀란 나는 까무러치고 말 것이다!

그러니 한결 안전하게 상상하련다,
햇살에 아랑곳없이,
다른 생물들도 눈을 내미는
창유리에 그냥 내 영혼을 기대고서.

기차

THE RAILWAY TRAIN

나는 수십 리 길을 핥아먹고

다시 계곡들을 핥고 올라

주유소에 멈추어 밥을 먹고

다시 거대한 발걸음으로

첩첩 산들을 휘휘 돌아가며

거만하게, 길가의

오두막들을 들여다보고

다시 자신의 허구리 살에 맞게

돌산을 파고, 그 사이로 기어들며

무시무시하게, 삐익삐익

내내 울어대고는

앞차를 쫓아 줄줄이 언덕을 내려와

보아너게*처럼 끼익끼익 울며

---

* "보아너게"는 '우레의 아들들'이라는 뜻으로, 예수가 제자 야고보와 요
   한에게 붙여준 이름. 『신약성서』「마가복음」3장 17절 참고.

별처럼 시간을 엄수해서 마침내
자신의 마구간 문 앞에 ― 순하게
당당하게 ― 멈추는 기차가 좋다.

토요일 오후
SATURDAY AFTERNOON

저 감옥들에서 소년 소녀들이
　무아경으로 뛰쳐나온다 —
그 감옥이 가두지 않는
　소중한, 유일한 오후.

아이들은 대지에 폭풍치고 대기를 먹먹하게 하는
　한결같은 기쁨의 무리.
아! 이 무리를 기다리고 있다가
　적으로 삼을 언짢은 일들이여!

나는 가능성 속에서 산다

I DWELL IN POSSIBILITY

나는 가능성 속에서 산다 —

산문보다 고운 집 —

창문도 훨씬 많고 —

문들도 — 훨씬 훌륭해서 —

눈으로 들여다볼 수 없는 —

삼나무숲 같은 방들에 —

하늘 박공지붕*을

영원한 지붕 삼은 집 —

아주 고운 — 방문객들 맞으며 —

내가 하는 일은 — 바로 —

좁다란 두 손 활짝 펼쳐

낙원을 따 모으는 일 —

---

* "박공지붕"(또는 맞배지붕)은 건물의 모서리에 추녀가 없이 용마루까
  지, 측면 벽이 삼각형 또는 사람 인(人) 자 모양을 이룬 지붕을 말한다.

잃어버린 생각

THE LOST THOUGHT

마치 뇌가 쪼개진 듯이
　마음속이 텅 빈 것 같았다.
한 땀 한 땀 맞춰보려 했지만
　이어 맞출 수가 없었다.

뒷생각을 앞생각에
　연결해 보려고 애를 썼지만
마루에 쏟아진 알약들처럼
　앞뒤가 엉클어져 걷잡을 수 없었다.

내 삶은 장전된 총처럼 서 있었다

MY LIFE HAD STOOD — A LOADED GUN

내 삶은 — 장전된 총처럼 — 구석에

서 있었다 — 그러던 어느 날

주인이 지나가다가 — 알아보고 —

나를 들고 갔다 —

이제 우리는 최고의 숲에서 돌아다니며

이제 우리는 암사슴을 사냥한다 —

내가 그분 대신 말할 때마다

산들이 곧바로 응답하고 —

내가 미소할 때면, 아주 따뜻한 빛이

계곡 위에서 빛나는데 —

마치 베수비오 화산* 같은 얼굴이

자신의 기쁨을 분출하는 것 같다 —

밤이 되어 — 우리의 멋진 낮이 끝나면 —

---

* 이탈리아 남부 나폴리 동쪽에 있는 활화산으로, 79년에 폭발하여 폼페이를 매몰한 화산으로 유명하다.

나는 내 주인님의 머리맡을 지킨다 —
그것이 솜털오리의 푹신한
베개를 — 함께 베는 것보다 낫다 —

그분의 적에게 — 나는 치명적인 적 —
그 누구도 다시는 꿈쩍하지 못한다 —
내가 노란 눈에 대고 겨누거나 —
민감한 엄지를 만지면* —

그분보다 내가 — 더 오래 살겠지만
그분이 더 오래 살면 좋겠다 — 나보다 —
나는 죽이는 힘만 지녔을 뿐,
죽는 힘은 — 지니지 않았기에 —

---

* "노란 눈"은 조준경, "민감한 엄지"는 방아쇠를 가리킨다.

큰 소리로 싸우는 것도
매우 용감하지만
TO FIGHT ALOUD IS VERY BRAVE

큰 소리로 싸우는 것도 매우 용감하지만,
내가 아는, 더 용맹한 이들은
가슴속에서 돌격하는
고뇌의 기사들이다.

그들이 승리해도, 국민은 보지 않고,
그들이 쓰러져도, 아무도 주시하지 않는다
그들의 죽어가는 눈은 어떤 나라도
애국자의 사랑으로 주목하지 않는다.

우리가 믿는 것은, 깃털 장식의 행렬이다.
그렇게 천사들이
서열에 맞추어, 정연한 발걸음으로
눈 같은 제복을 입고서 행진하기에.

결투

THE DUEL

내 손에 온 힘을 모아
　세상에 맞서 싸웠다.
다윗의 힘에는 못 미쳤으나
　내가 두 배로 용감했다.

조약돌을 겨누어 던졌지만
　쓰러진 것은 늘 나였다.
골리앗이 너무 커서 그랬나,
　그냥 내가 너무 작았나?

배제

EXCLUSION

영혼은 저만의 교우를 고르고
　문을 닫아 버리기에
그 신성한 다수에
　더 이상 끼지 못한다.

영혼은 자신의 낮은 대문 앞에
　전차가 멈춰도 태연하게,
황제가 현관 매트에 무릎을 꿇어도
　태연하게, 주시할 뿐이다.

나는 대단히 광대한 나라에서
　교우를 고르고
돌처럼 관심의 문짝을 닫아거는
　영혼과 내내 알고 지낸다.

굶주림
HUNGER

지난 세월 내내 굶주리다가
　허기를 달랠 기회가 와서
바들바들 떨며, 밥상을 당겨
　진기한 술을 입에 적셨다.

밥상에서 보인 것은 그것뿐이었고
　배고파서, 외로워서
돌아봤는데, 창문들 안쪽에는
　갖고 싶은 엄두도 못 내본 풍족함.

알지도 못했던 크나큰 빵이
　자연의 식당에서
새들과 내가 종종 나눠 먹은
　빵 부스러기와는 너무 달랐다.

그 풍족함이 너무 낯설어서 가슴이 아렸다 —
　마치 산속 수풀의 딸기나무를
한길에 옮겨 심어 놓은 것처럼

마음이 불편하고 이상했다.

배도 고프지 않았다. 그제야
굶주림이란 창밖 사람들의
거리, 들어서면 밥상을 물리는
길거리라는 것을 알았다.

대조
CONTRAST

어느 거리에서 한 문이 막 열렸다 —
　나는 길을 잃고, 지나가고 있었다 —
일순간에 확 밝아오는 온기와
　풍요로움과 정겨운 사람들.

문이 갑작스럽게 닫혔고 나는,
　나는 길을 잃고, 지나가고 있었다 —
두 배로 길을 잃었지만, 가장 큰 차이는
　새삼 깨달은 비참한 신세.

집으로
RETURNING

집을 떠난 지 여러 해 만에
　이제야 문 앞인데
감히 열지 못했다, 전혀
　본 적 없는 웬 얼굴이

멍하니 내 얼굴을 응시하며
　무슨 일이냐고 물어볼까 봐.
볼 일은 ― 그저 남겨 둔 삶이
　전처럼 그대로 살고 있을까?

신경을 더듬거리며
　가까운 창문을 살피는데
침묵이 바닷물처럼 굽이쳐
　나의 귀에 부서졌다.

위험과 죽음에 직면해서도
　절대 떨지 않았는데
한낱 문을 두려워하다니

어색한 웃음이 나왔다.

그 두려운 문이 도로 튕겨내서
그대로 서 있게 될까 봐
빗장을 잡고 걱정스럽게
떠는 손에 힘을 주었다.

그러다가 유리처럼 조심스럽게
손가락을 떼어서
두 귀를 막고 도둑처럼 헐레벌떡
집에서 달아나고 말았다.

귀가
THE RETURN

너무 늦게, 너무 늦게 귀가하더라도!
그렇게라도 집에 가면 족한 보상이리라.
나를 기다리다가 지친 가족들도
밤이 내리깔려 고요하고 어두운 때
예기치 않은 나의 노크 소리 들으면
더 기쁘고 행복하리라.
수십 년의 고통에서 우러난
황홀한 순간이리라!

그저 화롯불이 타는 모습만 생각해도
그저 오랫동안 속고 속은 눈길을 돌려서
내 눈길이 하는 말, 그 눈길이 나에게
하는 말을 궁금해 하는 모습만으로도
수백 년의 노정을 잊게 하리라!

금단의 열매 1
FORBIDDEN FRUIT 1

금단의 열매에는 합법적인 과수원이

비웃는 맛이 배어 있다.

의무가 잠그는 꼬투리 속에

어찌나 맛있는 완두콩이 숨어 있는지!

금단의 열매 2

FORBIDDEN FRUIT 2

천국은 닿을 수 없는 무엇!
  나무에 열린 사과가
가망 없이 매달려 있듯이,
  나에게 '천국'은 그런 곳이다.

떠가는 구름에 깃든 색조
  그 금지된 구역
언덕 저편의 집 뒤 —
  그곳에 낙원이 있으리라!

말
A WORD

말이란 표현되면
죽는다고들
한다.
나는 그날부터
살기 시작한다고
말한다.

그녀는 예쁜 말들을
칼날처럼 다뤘다
SHE DEALT HER PRETTY WORDS LIKE BLADES

그녀는 예쁜 말들을 칼날처럼 다뤘다 ─

그 말들이 어찌나 번득거리던지 ─

한마디 한마디가 신경을 드러내거나

아니면 뼈를 농락했다 ─

그녀는 ─ 상처 줬다고 ─ 생각하지 않았다 ─

그것은 ─ 칼의 관심사가 아니다 ─

천박한 우거지상을 짓거나 ─

사람들이 아무리 반감을 품어도 ─

아픈 것은 인간적이지 ─ 고상하지 않다 ─

눈에 덮인 각막이

필멸의 오래된 관습처럼 ─

닫혀버리면 바로 ─ 죽는 것이다.

잊히고 만다
FORGOTTEN

검을 품고 있어서
　무장한 군인도 꿰찌르는
　말이 있다.
그런 말은 가시 돋친 음절들을 퍼붓고 ─
　바로 입을 다물어버린다.
그러나 그 말이 엄습하는 와중에
살아남은 이는 말하리라
　애국의 날에
견장을 찬 어떤 전우가
　그의 숨을 나눠줬다고.

숨찬 해가 내달리는 곳이면 어디에나
　햇살이 배회하는 곳이면 어디에나
말의 고요한 시작이 있고
　말의 승리가 있다!

저 예리한 특등사수를 보라!
　저 백발백중의 사격 솜씨!

시간의 지고지순한 표적

한 영혼이 '잊히고 만다!'

너를 택할까?

SHALL I TAKE THEE?

너를 택할까? 시인이
　자청하고 나선 말에게 말했다.
다른 지원자들과 대기하고 있어라
　더 어울리는 말을 찾을 때까지 —

시인이 언어를 탐구한 끝에
　보류해둔 지원자를
막 불러들이려는 순간
　부르지도 않은 말이 끼어들었다 —

결국 그 상상력의 조각,
　지명된 것이 아니라
천사들이 묵시하는 그 말이
　어울려서 시詩가 되었다 —

나는 어떤 그림을 그리기보다는
I WOULD NOT PAINT — A PICTURE —

나는 — 어떤 그림을 — 그리기보다는

차라리 한 그림이 되고 싶다

불가능하지만 멋진 일이리라

손가락들의 촉감을 — 즐겁게 —

음미하다가 — 그 귀하고 — 거룩한 —

손길이 — 너무나도 달콤한 고통 —

정말 화려한 — 절망을 —

자아내면 경탄이 나오리니 —

나는, 어떤 음전*처럼, 말하기보다는 —

차라리 한 음전이 되어

천장까지 가뿐히 떠올라 —

밖으로, 두리둥실 — 에테르의

마을들을 떠다니고 싶다 —

풍선처럼 부푼 몸으로

---

*   "음전"(혹은 코넷음전, cornets)은 풍금(페달을 밟아 바람을 넣어서 소리를 내는 건반악기)에서 음관으로 들어가는 바람의 입구를 여닫는 장치로, 음색이나 음넓이를 바꾸는 구실을 한다.

금속 입술의 입김에 날려 —
내 부교에 연결된 부두를 떠나서 —

또 나는 시인이 되고 싶지는 않다 —
차라리 — 매혹되어 — 무력하더라도 —
만족하는 — 귀를 — 지니는 게 좋다
그 경외하는 자격,
멜로디의 — 번갯불들에
내가 깜짝 놀라는 기술을 지녔다면,
그것을 선물하는 이는
얼마나 굉장한 특권을 타고났겠나!

시인들은 등불을 밝힐 뿐

THE POETS LIGHT BUT LAMPS

시인들은 등불을 밝힐 뿐 —
그들 자신은 — 꺼져버린다 —
그들이 살려내는 심지들이
활기찬 빛을

햇빛처럼 품고 있다면 —
모든 시대가 렌즈처럼
빛을 퍼뜨려 각자의
주변을 채우리라 —

그들은 나를 산문 속에 가뒀다

THEY SHUT ME UP IN PROSE

그들은 나를 산문 속에 가뒀다 ―
어린 소녀였을 때
그들이 나를 옷장에 처넣었듯이 ―
내가 "조용하기를" 바랐기에 ―

조용! 그들이 슬쩍 엿보다가 ―
돌아다니는 ― 나의 뇌를 봤다면
차라리 새한테 배신죄를 씌워서 ―
우리 속에 ― 몰아넣는 게 현명했으리 ―

뇌 자신은 의지만 있으면
별처럼 편안하게
붙잡힌 몸을 내려다보며 ―
웃기에 ― 더 이상 나는 포로가 아니기에 ―

기니 금전 한 닢 가지고 있었는데

I HAD A GUINEA GOLDEN

기니* 금전 한 닢 가지고 있었는데

모래밭에서 잃어버리고 말았다.

그래도 계산은 간단해서

그 나라에서는 파운드**였지만

나의 검약한 눈에는

여전히 아주 값진 금전이라서

찾고 또 찾았으나 끝내 못 찾고

주저앉아 한숨만 쉬었다.

숱한 날을 벅차게 노래해준

심홍색 울새 한 마리가 있었는데

숲이 그림처럼 물들 무렵에

그 새도 날아가고 말았다.

시간이 다른 울새들을 데려다주어 ─

그들의 노랫소리는 여전했으나 ─

---

* "기니"는 영국의 옛 금화로 21실링에 해당하며, 현재는 계산상의 통화
  단위, 상금이나 사례금 등의 표시에만 사용된다.
** "파운드"는 영국의 화폐 단위로, 1971년 2월 15일 이후로 100펜스에 해
   당하며, 종전에는 20실링에 상당하였다.

나의 사라진 음유시인이 못내 그리워서
'집에만 틀어박혀 있었다.'

하늘의 한 별이 나의 별이었다.
　이름이 플레이아데*였는데
내가 마음을 주지 않자
　있던 자리에서 벗어나고 말았다.
여전히 하늘에 별 무리가 가득하고
　밤마다 빛나지만
그중에는 나의 별이 없기에
　나는 거들떠보지도 않는다.

내 이야기의 교훈은 한 가지다:
　사라져버린 벗이 있다는 것 —
플레이아데라는 이름의 벗과
　울새와 모래 속의 기니 금전 —

---

* 　그리스신화에서 플레이아데스는 티탄족 아틀라스와 플레이오네 사이
　에서 태어난 7명의 딸, 마이아, 엘렉트라, 타이게테, 켈라이노, 알키오네,
　스테로페, 메로페를 통틀어 일컫는 말이다. 인간인 시시포스를 사랑한
　메로페를 제외하고, 모두 신들과 사랑에 빠져서 자식들을 낳았다. 거인
　사냥꾼 오리온에게 7년 동안 쫓겨 다니다가 제우스의 도움으로 별이 되
　었으나, 오리온도 별자리가 되어 밤하늘에서 플레이아데스를 계속 쫓게
　되었다는 설이 전해진다. "플레이아데"는 이 일곱 딸 중 한 명 (혹은 각
　각)을 뜻하는 표현으로 보인다.

이 애처로운 소곡이

　눈물을 동반하여

여기서 먼 나라에 있을

　배반자의 눈을 만나거든,

부디, 엄숙한 후회가

　그의 마음을 사로잡아

태양 아래 아무런 위안도

　못 찾게 해주기를.

기억에서 달아나는

TO FLEE FROM MEMORY

기억에서 달아나는

날개가 우리에게 달려 있다면

많은 이가 날아가고 싶으리라

자기보다 느린 생물들에 익숙한

새들이 놀라서 사람의

마음에서 도망치는

사람들을 휘덮은

그 포장마차를 유심히 쳐다보리라

뇌
THE BRAIN

뇌가 하늘보다 넓다,
  둘을 나란히 놓으면
뇌가 하늘뿐 아니라
  당신도 쉽게 품을 테니.

뇌가 바다보다 깊다,
  푸른 둘에게 서로 품으라 하면
스펀지가 양동이째 빨아들이듯
  뇌가 바다를 흡수할 테니.

뇌는 꼭 하나님의 몸무게다,
  둘의 무게를 같이 달아보면
물론 다르겠으나, 그렇다 해도
  흡사 소리와 음절의 차이일 테니.

경험

EXPERIENCE

널에서 널로 아주 천천히
　조심스럽게 걸음을 옮겼다.
별들이 머리를, 바닷물이
　발을 에워싸는 것 같았다.

내가 아는 건 다음이
　마지막 걸음이리라는 것뿐 ―
이렇게 저 불안한 걸음걸이
　소위 경험을 얻었다.

누구세요?

WHO?

내 벗은 새인가 보다

　획 사라져버리니!

내 벗은 사람인가 보다

　죽고 마나니!

수염 난 모습이 꼭 꿀벌 같은

아, 기기묘묘한 벗

　당신은 내게 수수께끼!

제2부 / 사랑

사랑
LOVE

사랑은 삶 앞에 있고
　죽음 뒤에 있는
창조의 시작이요,
　생기의 전형이다.

세상에 있는 것은 사랑뿐

THAT LOVE IS ALL THERE IS

세상에 있는 것은 사랑뿐,

사랑에 대해 우리가 아는 것은 그것뿐이다.

그래도 괜찮다, 그 무게가

고르게 분배되어 리듬을 탄다면.★

★ "그 무게"는 감당할 수 없이 많고 벅찬 사랑의 무게를 말한다. "리듬"은
    원문 그대로 '그루브(groove)'로 바꾸어 '그루브를 탄다'라고 표현해도
    좋겠다. 그루브는 레코드판의 '홈'을 말하는 것으로, 턴테이블의 바늘이
    이 홈을 따라 돌면서 받는 진동을 전류로 바꾸고, 이것을 확성기로 증폭
    확대해서 소리로 재생하는 장치가 '전축'이다. 이 전축의 원리와 기능을
    연상시키는 독특한 표현이다.

왜 내가 당신을 사랑하느냐고요?

WHY DO I LOVE YOU, SIR?

"왜 내가 당신을 사랑하느냐고요?"
왜냐하면 —
바람은 풀밭한테 대답하라고
요구하지 않아요 — 바람이 지나가면
풀밭은 가만히 있지 못하기 때문이에요.

왜냐하면 바람은 아는데 —
당신은 모르고 —
우리도 잘 모르기 때문이에요—
우리에게 그런
지혜만 있어도 충분한데요 —

번개는—눈한테 왜 감냐고
절대 묻지 않아요 — 번개가 치면 —
눈은 말할 수 없고 — 말을 —
할 이유도 없이 — 얌전한 사람들은
그냥 그런다는 것을
번개도 알기 때문이에요 —

일출도—그대여—나를 압도해요—

일출이기 때문에 — 나도 바라봐요 —

그러니까—그래서 —

나도 그대를 사랑해요 —

사랑받는 이들은 죽지 않는다
UNABLE ARE THE LOVED TO DIE

사랑받는 이들은 죽지 않는다

사랑은 불멸이기에,

아니, 신이기에 ―

사랑하는 이들은 죽지 않는다

사랑이 생명력을 개선하여

신력神力으로 만들기에.

한 꽃송이에

WITH A FLOWER

내 꽃 속에 나를 숨겨 놓으면
　그 꽃을 가슴에 꽂은
당신이, 의심 없이, 나도 품고 다니리 ―
　그 나머지는 천사들이나 알 일.

내 꽃 속에 나를 숨겨 놓으면
　그 꽃이 화병에서 시들어도
당신이, 의심 없이, 나를 그리며
　사뭇 쓸쓸하리.

한 꽃송이
WITH A FLOWER

임이여, 장미가 피지 않고
　제비꽃이 시들거든,
땅벌이 근엄하게 날아올라
　태양 너머 사라지거든,

이 여름날에 잠시 머물며
　꽃을 땄던 손도
오번*에서 놀고 있을 테니 —
　그때 내 꽃을 따기를, 부디!

---

* "오번(Auburn)"은 뉴욕주의 중부에 있는 도시, 혹은 '다갈색으로 물든
　가을'.

이식
TRANSPLANTED

마치 어느 어린 북극 꽃이
극지의 경계에 있다가
위도 타고 둥둥 떠내려와서
여름의 대륙,
해 밝은 창공,
묘하게 밝은 온갖 꽃 무리와
낯선 음조의 새들을
접하고 어리둥절하듯이!
나도 이 어린 꽃처럼
배회하다가 에덴에 들어가면 —
어떨까? 글쎄, 모를 일, 그냥
그다음은 추측해 보시길!

작은 가슴속의 냇물
A BROOK IN YOUR LITTLE HEART

당신의 작은 가슴속에도 냇물이 있나요?
　수줍어하는 꽃들이 피어나고
얼굴 붉히는 새들이 내려와서 물을 마시고
　그림자들이 하염없이 흔들리는 곳.

아무도 모르게 아주 고요히 흘러도
　어쨌든 가슴속에 냇물이 있다면
적은 생명수 한 모금이나마
　날마다 거기에서 들이켜리니.

강물이 흘러넘치고 쌓인 눈이
　이 산 저 산에서 다급히 내려와서
다리마저 종종 무너지는 삼월에 특히,
　그 작은 냇물을 잘 잡도리하기를.

그러다가 팔월이 오면 초원마저
　더위에 푹푹 찔 테니, 그때도
어느 타는 한낮에 이 작은 생명의 냇물이

마르지 않게 조심하기를!

가을에 당신이 오신다면

IF YOU WERE COMING IN THE FALL

가을에 당신이 오신다면
　여름은 훌훌 털어버릴게요
살짝 미소하고 콧방귀 뀌며
　주부들이 파리를 쫓아내듯이.

연내에 당신을 볼 수 있다면
　각각의 달月을 공처럼 둘둘 감아
따로따로 서랍에 넣어둘게요
　각 달에 행운이 내리길 바라며.

수백 년 늦어진대도 그 세월을
　손에 올려놓고 세어볼게요
빼고 빼다 보면 저의 손가락이나마
　반디만의 영토에 들르겠지요.*

혹시 이 목숨이 끝난 다음에야

＊　"반디만의 영토(Van Diemen's Land)"는 태즈메이니아(오스트레일리아
　남동쪽의 섬)로, 유럽인들에게 '아주 머나먼 곳'으로 통했다.

당신과 내가 함께할 수 있다면
그 목숨을 껍질처럼 멀리 던져버리고
영원을 맛볼래요.

그런데 당장, 아련한 날개에
길이조차 모르는 시간이
언제 침을 쏠지 모르는 도깨비 벌처럼
나를 콕콕 찔러대네요.

출구
THE OUTLET

나의 강은 너에게 흘러가나니
　푸른 바다야, 나를 반겨주겠니?

나의 강이 응답을 기다린다.
　오 바다야, 자비롭게 보아다오!

얼룩덜룩 외딴곳의
　시냇물도 데리고 너에게 갈 테니 ―

부디, 바다야,
　나를 받아다오!

증거

PROOF

제가 언제나 사랑했다는
　증거를 당신께 드립니다
제가 사랑할 때까지는
　충분히 사랑하지 않았다고.

언제나 사랑하겠다고
　당신께 기도드립니다
사랑은 생명이요
　불멸의 생명이라고.

이를, 임이여, 의심하나요?
　그럼 제가
보여줄 증거는
　갈보리*뿐입니다.

＊　"갈보리"는 예루살렘 부근의 골고다 언덕으로, 예수가 십자가에 못 박힌
　　곳. 흔히 예수의 십자가상, 즉 수난 또는 고통을 의미한다.

연인들
THE LOVERS

장미가 뺨을 희롱거리며
  보디스를 올렸다 내렸다 하고
예쁜 목소리가 취한 사람같이
  처량하게 흰소리 쳤다.

손가락으로 일감을 만지작만지작 ―
  바느질이 제대로 되지 않았다.
뭐가 그리 맘쑥한 소녀를 괴롭히는지
  궁금해서 이래저래 생각하는데

맞은편에 어느새 또 장미가 맺힌
  한 뺨에 시선이 멎었다.
바로 맞은편에서 술꾼처럼
  떠벌리는 또 다른 말씨

보디스처럼 불멸의 곡조에
  맞추어 춤추는 조끼 ―
그 둘의 고뇌에 작은 시계가

나직이 1시를 쳤다.

달은 바다와 멀리 떨어져 있지만

THE MOON IS DISTANT FROM THE SEA

달은 바다와 멀리 떨어져 있지만
　호박琥珀 빛깔 손으로
소년처럼 순한 바다를 이끌어
　정해진 모래밭으로 데려가지요.

바다는 조금도 빗나가지 않고
　달의 눈빛에 순종하여
마을 쪽으로 꼭 그만큼 다가왔다가
　꼭 그만큼 물러나지요.

오, 임이여, 당신의 손은 호박 손,
　저의 손은 먼바다 ―
당신 눈길의 미미한 명령에도
　그저 복종할 따름이에요.

사랑은 겸손
LOVE'S HUMILITY

나의 덕은 모두 나의 의심,
　그분의 가치는 모두 나의 두려움,
둘을 대조해 보면 나의 자질들이
　더욱 초라해 보이기에

내 사랑의 신조 안에서
　제일가는 염려는
그분의 귀한 요구에
　부족하지 않게 부응하는 일.

그래서 나는 그분께 선택받은
　부정한 몸에 만족한 채
성사에 전념하는 교회처럼
　내 영혼을 바쳐 순응할 따름이에요.

그분이 나를 어루만져

HE TOUCHED ME

그분이 나를 어루만져 살아난 줄 알고
삶을 허락받은 그 날부터
  나는 그분의 가슴을 내내 더듬었다.
나에게 그곳은 무한한 영토,
장엄한 바다가 작은 냇물들을
  잠재우듯이 편히 쉬게 해주었다.

그래서 이제 나는 예전과 다른 사람,
마치 한결 좋은 공기를 마신 듯
  여왕의 옷깃을 스친 듯이
그토록 방황했던 나의 발길도
나의 집시 얼굴도 이제는
  한결 부드러워졌다고들 한다.

족했다
SATISFIED

내 눈에는 한 행복이 나머지보다
　하도 커 보여서
굳이 재지 않아도 그 황홀한
　크기로 족했다.

그것은 내 꿈의 극한,
　내 기도의 중심이었다 —
완전히, 마비시키는 행복처럼
　절망처럼 족했다.

영혼에 매겨진 이 새 값어치가
　지상의 총액을 뛰어넘기에
궁핍도 추위도 다 허깨비로 변해서
　더 이상 느껴지지 않았다.

아래 하늘도 위 하늘도
　한결 붉은 색조로 물들었다.
생명의 씨줄이 가득히 번지며

심판의 날도 저물었다.

왜 기쁨을 그리 옹색하게 쓰는지
  왜 낙원을 미루적거리는지
왜 홍수가 우리를 건지는 사발로 쓰이는지 ―
  나는 더 이상 숙고하지 않는다.

결혼
WEDDED

백인 여자로 태어나서
  신께서도 어여삐 여길 만한
신성한 성찬 예복 입으면
  그야말로 장엄한 기쁨이리라.

새빨간 샘물에 한 생명을
  빠뜨렸다가, 너무 깊어서
영원히 돌아오지 못하면
  어리석은 짓이리라.

편지
THE LETTER

"그이에게 가라! 행복한 편지야! 그이에게 전해라 —
그이에게 지면은 내가 쓰지 않았다고 전해라,
그이에게 나는 그저 구문을 말했을 뿐
동사와 대명사는 생략했다고 전해라.
그이에게 그냥 손가락들이 얼마나 허둥댔는지
또 얼마나 힘들게 느릿느릿 느리게 나아갔는지
또 네 지면에 눈이 달렸으면 뭐가 지면을
저리 뒤흔드는지 알 수 있으련만, 그랬다고만 전헤리.

그이에게 전문 작가의 글은 아니라고 전해라
문장이 애써 성취한 문체로 추측해 보건대
마치 뒤에서 보디스를 잡아당기는 소리 같다고
마치 웬 아이가 붙들고 있는 것 같아서
못내 가여운 그런 정도로 애쓴 글 같다고.
그이에게 전해라 — 아니, 불평을 늘어놔도 좋다
본심을 알면 그이의 가슴이 찢어질 테니
그럼 너나 나나 한결 말을 아껴도 될 테니.

그이에게 전해라, 우리가 끝내기 전에 밤이 끝나서

낡은 시계가 '낮이다!'라고 계속 울어댔고

네가 너무 졸려서 제발 끝내자고 애원했다고 —

그렇다고 무슨 방해가 될까마는, 그렇잖아?

그이에게 그녀가 너를 아주 조심스레 봉했다고만 전

해라

혹시 그이가 너에게 어디에 숨었냐고 물으면

내일까지 — 행복한 편지야!

몸짓으로 교태부리며, 머리를 가로저어라!"

소유

POSSESSION

초롱꽃이 거들을 느슨히 풀어서
　벌 연인에게 속살을 드러내면
벌이 전과 똑같이
　초롱꽃을 숭배할까?

낙원이 설득당해서
　진주-해자를 내주면
그 에덴이 에덴일까,
　그 백작이 백작일까?*

갈망

LONGING

그분이 떠가는 바다가 부럽다
　그분을 실어 가는 마차의
바퀏살들이 부럽다
　그분의 여행을 지켜보는

말 없는 산들이 부럽다
　나에게는 천국처럼
완전히 금지된 것들을 모두
　아주 쉽게 볼 수 있을 테니!

아득한 처마에 점점이 박힌
　참새들의 둥지가 부럽다
창유리에 앉은 유복한 파리,
　행복한, 행복한 잎들도 부럽다

그분의 창밖에서 이제 막
　여름과 작별할 처지라서
피사로의 귀걸이*를 나에게

해주지는 못하겠지만.

그분을 깨우는 빛과 굵직하게

　울리며 훤한 대낮이라고

그분께 알려주는 종이 부럽다 ─

　그분의 한낮이 나도 데려가면 좋으련만

한낮이 가브리엘**과 나를

　영원한 밤에 떨어뜨릴까 봐

나의 꽃을 제지하고

　나의 벌도 저지한다.

---

* 　피사로(Francisco Pizarro, 1475?~1541)는 잉카제국을 정복하고 현재 페
　루의 수도 리마를 건설한 스페인의 군인으로, 아즈텍 제국을 멸망시킨
　코르테스(Fernando Cortés, 1484~1547)의 친척이었다. 피사로는 원한
　관계에 있던 동료 아들의 칼에 목이 찔려서 사망했는데, 죽기 전에 목에
　서 나온 피로 십자가를 그리고 거기에 입을 맞췄다고 전해진다. "피사로
　의 귀걸이"는 '피사로가 피로 그린 그 십자가'를 가리킨다. 여름이 가고
　가을이 오는 길목이라서 나뭇잎들이 아직 붉게 물들지 않았을 테니, 논
　리적인 연관성도 웬만큼 담보한 표현이다.

** 　"가브리엘"은 처녀 마리아에게 그리스도의 강탄을 예고한 천사.

사나운 밤! 사나운 밤!

WILD NIGHTS! WILD NIGHTS!

사나운 밤! 사나운 밤!
　당신과 함께 있다면
사나운 밤도
　우리의 호사이리라!

항구에 안긴 가슴에는
　바람도 부질없다 ―
이미 나침반을 닫고,
　해도海圖도 접었으니.

에덴에서 노 젓다가!
　아아! 바다!
너의 품에 나도 오늘 밤
　닻을 내렸으면!

가슴아, 같이 그이를 잊자!
HEART, WE WILL FORGET HIM!

가슴아, 같이 그이를 잊자!
　너와 내가 오늘 밤에!
너는 그이가 준 온기를 잊어라
　나는 그 빛을 잊으마.

다 잊거든, 부디 내게 말해다오
　내 생각들도 흐릿해지게.
어서! 네가 꾸물거리는 사이에
　내가 그이를 기억하지 못하게!

미워할 시간이 없었다

I HAD NO TIME TO HATE

미워할 시간이 없었다, 왜냐하면
무덤이 나를 방해할 테고,
내가 증오를 끝낼 수 있을 만큼
삶이 그리 충분하지 않았기에.

사랑할 시간도 없었다, 하지만
무슨 일이든 해야만 하기에,
조금이나마 애써 사랑했는데, 내게는
충분히 넉넉한 삶이었던 것 같다.

너무 행복한 시간은
절로 녹아 버린다
TOO HAPPY TIME DISSOLVE ITSELF

너무 행복한 시간은 절로 녹아서

자투리 하나 남겨 놓지 않는다.

깃털이 없거나 너무 무거워서

날지 못하는 것도 고통이기에.

우리는 사랑을 잃으면

WE OUTGROW LOVE

우리는 사랑을 잃으면 여느 물건들처럼
　그것을 서랍 속에 넣어둔다
마치 조상들이 입었던 의복처럼
　케케묵은 패션으로 보일 때까지.

벨트

THE BELT

그분이 내 삶에 벨트를 둘러주었다 —
나는 찰칵 버클 소리를 듣고
당당하게 길을 나서
마치 공작이 왕권을
수립해 나가듯 신중하게
나의 삶을 개켜나갔다 —
구름의 조각처럼
줄곧 헌신적인 삶이었다.

그래도 부르면 올 수 있도록 너무 멀지 않은 데서
소소한 일들로 나머지
순회 여행 경비를 마련하고
나의 삶을 굽어보다가
상냥하게 들어오라고 청하는 삶들에
간간이 미소로 화답하는데 —
그런 초대를 내가 누구를 위해
거절하는지, 당신은 몰랐나요?

잃어버린 보석

THE LOST JEWEL

손가락으로 보석을 쥐고
　잠이 들었다.
날은 따사롭고 바람은 잔잔했다.
　나는 말했다. "잘 간수해 줘."

잠에서 깨어 정직한 손가락을 꾸짖었다 —
　보옥은 사라져버렸고
이제 내가 가진 것은 아련한
　자수정의 기억뿐이다.

유산
BEQUEST

임이여, 당신은 내게 두 유산을 남겼죠 —
　하나는 하늘의 아버지도
선물 받으면 흐뭇해 하실
　사랑의 유산이요

다른 하나는 영원과 시간 사이에
　당신의 의식과 나 사이에
바다처럼 넓디넓은
　고통의 영토예요.

부활
RESURRECTION

오랜 이별이었는데 드디어
　재회의 시간이 왔다
하나님의 판사석 앞에서
　마지막이자 두 번째로

이 육신 없는 연인들이 만나
　한 하늘, 하늘 중의
하늘, 서로의 눈에 깃든
　특별한 은총을 응시하였다.

이승의 옷들을 다 벗고
　마치 미생의 아기
차림으로, 그저 서로 바라보다가
　마침내 영생을 얻었다.

영원 혼례가 이런 것이었나?
　낙원, 연회의 주인,
그리고 게루빔과 세라핌

아주 친근한 하객들.*

* '예식장은 낙원, 낙원의 주인은 하나님, 천사들이 하객'이라는 재밌는
발상이다. 게루빔은 지품천사로 불리며 지식을 관장하는 제2계급의 천
사로, 미술에서 흔히 날개 달린 귀여운 아이로 묘사된다. 그리고 세라핌
은 치품천사로 불리며 세 쌍의 날개가 달린 것으로 그려진다. 세라핌은
가톨릭의 천사 중에서 최고의 지위에 속하는 천사들로, 다른 천사들과
똑같이 인간의 모습이지만, 세 쌍의 여섯 날개가 달려 있다. 두 날개로
얼굴을 가리고 두 날개로 다리를 가리고 나머지 두 날개로 하늘을 난다.
신에게 가장 가까운 존재이기에 신에 대한 사랑이 너무 커서 그 사랑으
로 몸이 불타오른다고 전해진다.

신기한 변화

APOTHEOSIS

시나브로 오라, 에덴!
　너에게 익숙지 않은 입술이
수줍게, 너의 재스민꽃을 홀짝거린다
　마치 졸도할 듯한 꿀벌이

뒤늦게 꽃에 도착해서
　꽃 침실을 맴돌며 윙윙거리다가
화밀을 세고 — 들어가서
　향기에 취해 넋을 잃고 말듯이!

제3부/ 자연

이것은 내가 세상에 보내는 편지
THIS IS A LETTER TO THE WORLD

이것은 내가 세상에 보내는 편지
나에게 답장을 써준 적은 없지만 —
자연이 위엄을 갖추어 상냥하게
들려준 소박한 소식이다.

그녀의 전언을 내가 볼 수 없는
손들에 쥐여주나니,
다정한 동포들이여, 자연을 사랑하는 마음으로,
상냥하게 나를 평가해주시길!

어머니 자연
MOTHER NATURE

아주 약하든 제멋대로든
　자식들을 하나같이 안타까워하는
가장 너그러운 어머니, 자연 —
　그녀의 상냥한 훈계는

숲속에서도 언덕에서도
　지나는 길손에게 들려와서
날뛰는 다람쥐도 너무 성급한
　새도 제지한다.

여름날 오후면, 자연의
　좌담, 가족들과
모임까지, 어찌나 무던한지 —
　그리고 해 질 무렵에

나무 측량 사이로 들려오는
　자연의 소리는 아주 작은
귀뚜라미의 소심한 기도, 하찮은

꽃마저도 격려하는 소리.

자식들이 모두 잠든 후에도
　자연은 자신의 램프들을 켜기에
충분할 만큼만 멀찍이 떨어져서,
　하늘에서 몸을 수그린 채

무한한 애정과
　더 무한한 보살핌으로
금빛 손가락을 입술에 대고
　온 누리에 고요를 내린다.

자연의 변화
NATURE'S CHANGES

오늘은 마을이 파로스 대리석 빛깔에*
　깊이 물들어 표류하고 있지만
봄의 핼쑥한 풍경이 금시에
　해 밝은 부케처럼 붉어지리라.

숱한 세월 휘어진 라일락이
　자줏빛 꽃 짐을 싣고 늘어지리라.
꿀벌들도 잊지 않고 옛 조상들의
　선율을 노래하리라.

수렁에서도 장미는 붉어지리라
　쑥부쟁이는 언덕 위에서
불후의 패션을 선보이고
　성약 용담꽃도 주름 장식을 달리라.

여름이 저만의 기적으로 휘덮을 때까지

---

* "파로스"는 에게해 남부의 섬으로, 여기서 나는 하얀 대리석 같은 빛깔
　이라는 뜻.

여인들이 긴 웃옷을 걸치듯

아니면 사제들이 성사를 마치고

표상들을 가지런히 바로잡듯이.

산들은 몰래몰래 자라난다
THE MOUNTAINS GROW UNNOTICED

산들은 — 몰래몰래 자라난다 —
자줏빛 형상들이 떠오른다
의도하지 않아도 — 지치지 않고 —
도움도 — 박수갈채도 — 없이.

그 영원한 얼굴들에 깃들어
태양은 — 그저 기쁘게
오래 — 늦게까지 — 금빛으로 — 바라보며
우정을 쌓다가 — 밤에게 넘긴다 —

나의 민감한 귀에 잎들이 속삭였다
TO MY QUICK EAR THE LEAVES CONFERRED

나의 민감한 귀에 잎들이 속삭였다.
덤불들이 숱한 종이었다.
자연의 파수들 때문에
나는 사생활을 누릴 수 없었다.

동굴 안에 내가 숨으려 하면,
벽들이 말하기 시작했다.
천지 만물이 나를 보이게 하려고
창조된 거대한 틈 같았다.

초원을 이루는 데는

TO MAKE A PRAIRIE

초원을 이루는 데는 클로버 한 포기 벌 한 마리면 충
분하다 —

클로버 한 포기와 벌 한 마리

거기에 몽상을 더하면.

설령 벌이 없어도

몽상만 있으면 충분하리라.

바닷가
BY THE SEA

나는 일찍 길을 나서, 개를 데리고
　바다를 찾았다.
해저에 사는 인어들이
　밖으로 나와서 나를 쳐다보았고

해상에서 프리깃함들이
　마치 나를 모래밭에 좌초해서
겁먹은 예쁜이로 착각한 듯
　대마 밧줄 손을 내뻗었다.

그러나 나는 꿈쩍하지 않았다
　물결이 나의 수수한 신발을 타고
내 앞치마와 벨트를 지나서
　내 보디스도 타고 넘어

마치 민들레의 꽃잎에 맺힌
　이슬방울처럼 나를 완전히
집어삼킬 듯이 덤벼들 때까지 ―

그제야 나는 움찔 물러났다.

그런데 바다 — 바다가 바짝 쫓아왔다.
　바다의 은빛 발이 나의 발목에
얹혔나 싶었는데 — 내 신발이 금세
　진주 방울을 머금고 넘쳐흘렀다.

우리가 견고한 도시에 이른 후에야
　아예 인간을 모르는 양
강력한 눈빛으로 나를 보다가
　고개를 숙이고, 바다가 물러났다.

일몰 1
SUNSET 1

자줏빛 배들이 수선화 빛깔의 바다 위에서
　부드럽게 흔들리는 곳에
환상幻像 선원들이 모여들더니
　금시에 ― 부두가 고요에 잠겼다.

일몰 2
SUNSET 2

호박색 외돛배가 에테르의
　바다 위에서 둥실 떠가고,
보라색 선원, 황홀의 자식이
　몰락하여 평화에 잠겨 든다.

금빛으로 타올랐다
보랏빛으로 꺼져가며
BLAZING IN GOLD AND QUENCHING IN PURPLE

금빛으로 타올랐다 보랏빛으로 꺼져가며,
표범처럼 하늘로 펄쩍 뛰어올라,
한결같은 지평선의 발치에
얼룩덜룩한 얼굴을 뉘고, 스러져간다.

부엌 창문만큼 나직이 수그린 채,
지붕을 어루만지고 헛간을 색칠하다가,
보닛으로 초원을 가볍게 스치며 ―
낮을 저글링 하던 이가 사라져버렸다!

밤의 도래
THE COMING OF NIGHT

저녁놀에 흠뻑 젖은 옛 산들과
　암갈색의 덤불!
마법사 태양이 금박을 입혀서
　번쩍거리는 솔송나무들!

옛 첨탑들도 주홍 물결 거들어서
　지구를 흠뻑 물들이니 ―
나도 홍학의 입술을 지녔다고
　대담하게 말해 볼까?

그새, 불꽃 노을이 큰 놀처럼 밀려 나간다.
　온 풀밭을 어루만지며
스러져가는 사파이어 빛깔의 풍모가
　흡사 어느 공작부인의 행차 같다!

수줍은 땅거미가 슬금슬금 마을로 다가와서
　집들을 검게 물들이니
인간이 붙잡을 수 없는 신기한 횃불들이

가물거리다가 어느새 반짝거린다!

바야흐로 둥지에도 굴에도 밤이 들었다.
　숲이 있었던 곳도
그새 심연 같은 지붕으로 변해서 너울너울
　고독에 젖어 든다! ―

이렇게 환상적인 광경들은 고투한 귀도도
　티치아노도 가르쳐주지 않았다.
도메니키노도 화필을 떨어뜨리고
　망연자실, 펼쳐보지 못했다.*

---

* "귀도"는 이탈리아 초기와 후기 바로크 양식의 두 화가, 귀도 레니
(Guido Reni, 1575~1642)나 귀도 카그나치(Guido Cagnacci, 1601~1663)
를 가리키는 것으로 보이며, 티치아노(Titian, Tiziano Vecellio or Tiziano
Vecelli, 1488?~1576)는 이탈리아 베네치아파의 대표적인 화가였
다. "도메니키노"는 이탈리아 바로크 양식의 화가 도메니키노 참피
에리(Domenichino or Domenico Zampieri, 1581~1641), 또는 티치아
노에게 사사한 스페인 출신의 화가 엘 그레코(El Greco, Doménikos
Theotokópoulos, 1541?~1614)를 가리키는 것으로 보인다.

달
THE MOON

하루 이틀 전만 해도
　달은 그저 금빛 턱이었는데
어느새 완전한 얼굴로 변해서
　지상을 비추고 있다.

달의 앞머리는 풍성한 금발
　볼은 담청색 보석 같다.
여름 이슬에 깃든 달의 눈빛은
　내가 아는 가장 멋진 모습.

호박琥珀 입술이 안 벌어져도
　달이 보내는 미소는
벗의 얼굴에 담뿍 배어드는
　그녀의 은빛 마음!

아득히 머나먼 별도
　특별한 은혜를 누리리라!
분명 달이 그 반짝이는 문을

스치듯 지나갈 테니.

달의 보닛은 창공

　우주는 그녀의 신발

별들은 달의 허리띠와

　디미티*에 박힌 장신구들.

정원에서
IN THE GARDEN

새 한 마리가 샛길에 내려앉아
 나의 눈길을 알아채지 못한 채
지렁이를 물어뜯어 반 토막 내고
 녀석을 날것으로 먹어 치웠다.

그러고는 가까운 풀에서
 이슬방울을 따 마시고
담 쪽으로 폴짝 옆걸음질 쳐서
 딱정벌레가 지나가게 비켜주었다.

새가 날랜 눈으로 흘깃흘깃
 당황한 듯이 바삐 움직였다 ―
두 눈이 꼭 깜짝 놀란 구슬 같았다.
 새가 위험에 처한 듯이

벨벳 머리를 꼼틀거렸다. 조심스럽게
 내가 빵 부스러기를 건넸는데
새는 깃털을 펼치고

휘휘 저어 집으로 가 버렸다

주름 하나 없이 은은한
　바다를 가르는 노보다도
한낮 강둑에서 뛰어내려 소리 없이
　떠가는 나비보다도 가뿐히.

삼월에게
TO MARCH

삼월아, 어서 들어와!

정말 반갑구나!

전부터 널 기다렸거든.

모자를 내려놓으렴 —

많이 걸었구나 —

그리 숨이 가쁜 것을 보니!

삼월아, 잘 있었니?

다른 이들은?

자연도 여전하시겠지?

오, 삼월아, 어서 나랑 위층으로 가자

해줄 말이 아주 많아!

네 편지도, 새들의 편지도 받았어.

단풍나무들은 네가 오는 줄

전혀 몰랐나 봐 — 정말

얼굴이 새빨개졌지 뭐니!

그런데 삼월아, 나를 용서해줘 —

나더러 저 산들을 모두

색칠하라며 남겨 두고 떠났는데
적당한 자주색이 없었어,
네가 몽땅 가져가 버렸으니까.

누가 문을 두드리지? 사월이다!
문을 잠가버리자!
쫓기고 싶지 않아!
1년이나 멀리 떠나 있더니
하필 내가 바쁠 때 찾아왔잖아.
그래도 네가 오니까 금시에
사소한 일들이 정말 사소해 보여서
비난이 꼭 귀한 칭찬 같고
칭찬도 그저 비난 같지만.

울새

THE ROBIN

삼월이 막 시작되자마자
　다급한 몇 마디 속달 통보로
아침을 훼방 놓는
　녀석이 바로 울새.

사월이 막 시작되었을 때
　천사 같은 음량으로
한낮을 가득 채우는
　녀석이 바로 울새.

둥지에서 아무 말 없이
　집과 확신과 신성神性이
최고라고 공손히 아뢰는
　녀석이 바로 울새.

딱따구리

THE WOODPECKER

그의 부리는 점쟁이,

　그의 머리는, 모자이자 주름 장식.

그는 모든 나무에서 고투하는데 —

　벌레가 그의 최종 목표.

사월
APRIL

이 산 저 산이 살짝 변한 듯

티레 적자 빛깔*이 마을에 가득하고

새벽에는 한결 광대한 해돋이,

풀밭에도 한결 짙은 여명이 깃들고

멋들어진 주홍색 발자국에

산비탈에 얹힌 자줏빛 손가락,

창유리에서 까부는 파리,

다시 일을 시작하는 거미,

수탉의 한층 점잔 뺀 걸음걸이,

곳곳에서 기대되는 꽃 소식,

숲에서 날카롭게 노래하는 도끼,

인적 뜸한 길에 밴 고사리 향 —

더 말하지 않더라도 이 모두가

너도 잘 아는 은밀한 봄 눈길이니

니코데모의 성사**도

---

* "티레" 또는 튀루스(Tyre)는 옛 페니키아의 항구도시. 티레색(Tyrian)은 티레 적자색(Tyrian Purple)의 줄임말로. 티레에서 생산되는 적자색의 염료나 그 색상을 가리킨다.

** 바리새인인 니코데모 또는 니고데모(Nicodumus)는 고대 유대의 최고

예년처럼 곧 답을 얻으리.

의결기관인 산헤드린(Sanhedrin) 의원으로서 예수의 재판을 반대하고,
목숨 걸고 요셉을 도와서 예수의 시체에 향료를 바르고 매장한 인물.

튤립
THE TULIP

그녀는 오로지 나만 기억하는

　한 나무 밑에서 잤다.

내가 그녀의 조용한 요람을 건드렸다.

그녀가 그 발길을 알아채고는,

심홍색 정장을 차려입고 —

　나타나서 짠!

산사나무꽃

MAY-FLOWER

연분홍의 작고 꼼꼼한
　향긋하고 겸손한
사월에 숨고
　오월에 드러내는

이끼에게 소중하고
　작은 산이 잘 아는
울새 다음으로
　만인의 영혼에 깃드는

담찬 작은 아름다움,
　너에게 장식해 놓고
자연은 고색古色을
　맹세코 부인한다.

장미

A ROSE

어느 평범한 여름 아침에 맺힌
  꽃받침, 꽃잎과 가시,
반짝이는 이슬, 벌 한두 마리,
한 자락 산들바람
나무들에서 들까부는 소리 ―
  내가 바로 장미!

아무도 이 작은 장미를 모르리

NOBODY KNOWS THIS LITTLE ROSE

아무도 이 작은 장미를 모르리 —
만일 내가 길에서 그것을 꺾어서
당신에게 바치지 않았다면
마치 순례자처럼 살아갔으리.
오로지 벌만 그 장미를 그리워하리 —
오로지 나비만,
먼 여행길에서 서둘러 돌아와 —
그 가슴에 누우리 —
오로지 새만 궁금해 하리 —
오로지 산들바람만 한숨지으리 —
아 작은 장미 — 너처럼 그렇게
살다가 죽는다면 참 평안하리!

왜?

WHY?

벌의 윙윙 소리
　요술처럼 나를 굴복시킨다.
왜냐고 묻는다면
　말하느니 죽는 게
　　더 쉬우리.

언덕 위에 붉은 기운
　나의 의지를 앗아간다.
비웃으려거든
　조심하라, 신이 여기 계시니
　　그것뿐.

날이 밝는 장면
　내 지위를 격상시킨다.
어찌 그러느냐 물으면
　나를 그리 그려준 예술가가
　　답할 일!

혹시 꽃을 사고 싶으세요?

PERHAPS YOU'D LIKE TO BUY A FLOWER?

혹시 꽃을 사고 싶으세요?
　하지만 팔 수는 없어요.
혹시라도 빌리고 싶으면
　수선화가

마을 출입문 밑에서
　노란 보닛을 풀 때까지*
꿀벌들이 클로버 꽃밭에서
　하얀 꿀술을 빨아 먹을 때까지

어때요, 꼭 그때까지만 빌려드릴게요
　하지만 더는 한 시간도 안 돼요!

---

* "보닛"은 턱 밑으로 끈을 매는 여자용 또는 어린이용의 챙 없는 모자. 수
　선화가 노란 보닛 끈을 풀고 활짝 피어난다는 재밌는 발상이다.

아이들이 손님에게 작별을 고하듯
AS CHILDREN BID THE GUEST GOOD-NIGHT

아이들이 손님에게 작별을 고하고
마지못해 돌아서듯이,
내 꽃들도 예쁜 입술을 삐죽거리다가
이내 잠옷으로 갈아입는다.

아이들이 깨어나, 아침이 밝은 것을
기뻐하며 뛰어다니듯이,
내 꽃들도 숱한 작은 집에서
다시 얼굴을 드러내고, 뽐을 내리라.

풀
THE GRASS

풀은 딱히 할 일이 없다 —
　수수한 녹색의 영토,
나비들을 품어주고
　벌들을 환대할 뿐

산들바람이 실어 오는
　예쁜 선율에 온종일 꿈틀꿈틀,
무릎에 햇살을 품고
　만물에 꾸벅거리다가

밤새 이슬방울들을 진주처럼 엮어
　아주 멋지게 치장한다 —
그리 도드라진 자태에는
　공작부인도 너무 평범하리라.

죽을 때조차 아주 신성한
　향기를 풍기며 스러진다
서서히 묻히는 계피 향처럼

소나무 부적처럼.

그 후에는 지상의 헛간에 머물며
  꿈꾸듯 나날을 보내는—
풀은 딱히 할 일이 없다
  나도 그 건초였으면!

한 이슬이 충만해서
A DEW SUFFICED ITSELF

한 이슬이 충만해서
   한 잎을 충족시키고는,
느꼈다, '얼마나 대단한 운명!
   얼마나 하찮은 생명인가!'

태양이 일하러 나오고,
   낮이 놀러 나왔다
그러나 그 이슬의 모습은
   다시는 보이지 않았다.

낮이 납치해 갔는지,
   태양이 지나가다가
바닷속으로 부어버렸는지,
   영원히 알 수 없었다.

고치
COCOON

누구의 칙칙한 집일까?
성막일까 무덤일까,
아니면 벌레네 둥근 지붕,
아니면 땅속 요정네 현관,
아니면 어느 꼬마 요정의 지하동굴?

나비의 계절
THE BUTTERFLY'S DAY

고치에서 나비 한 마리가
　문밖에 나온 숙녀처럼
빠져나와 — 어느 여름날 오후에 —
　사방팔방 나다녔다.

뒤를 밟아보니, 계획 없이
　클로버들이나 알 만한
자질구레한 일을 보며
　이리저리 돌아다녔다.

사람들이 건초를 만드는 들에서
　접혔다가, 밀려드는 구름에
힘겹게 버둥거리는 나비의
　예쁜 파라솔이 보였다.

그렇게 나비들이 유령처럼
　구름 타고 정처 없이 떠다니며
목적 없이 빙빙 도는 모습이

꼭 열대의 거리 춤을 보는 듯했다.

꿀벌이야 일을 하든 말든
　꽃이 부지런히 피든 말든
이 한가로운 관객들은
　하늘에서 벌도 꽃도 경멸했다.

결국 황혼이 부단한 물결처럼 퍼져서
　건초 만드는 사람들도,
오후도, 나비도 그 황혼의
　바다에 잠겨 들고 말았다.

여름 소나기
SUMMER SHOWER

사과나무에 한 방울이 뚝,
　지붕에 또 한 방울이 뚝,
대여섯 방울이 처마에 입을 맞추자
　박공들이 깔깔대기 시작했다.

몇 방울은 흘러나가 냇물에 섞이고
　다시 흘러서 바닷물이 되었다.
속으로 그려보기를, 저 빗방울들이
　진주라면 어떤 목걸이가 될까!

흠뻑 젖은 길에 다시 먼지가 쌓이고
　새들이 한결 익살맞게 노래했다.
햇살이 모자를 벗어 던지자
　과수들에 반짝이 열매가 주렁주렁.

산들바람이 풀죽은 류트들*을 일깨워

---

* 류트(lute)는 16~17세기에 유럽에서 유행한 현악기로, 만돌린 같은 몸
　체에 달린 6~13개의 현을 퉁겨서 연주한다. 여기서 "류트들"은 나무들

휩쓸자 류트들이 환호하였다.

동풍이 깃발 하나를 쑥 내밀며

신호하자, 축제는 끝나고 말았다.

혹은 나뭇가지들이고, "산들바람"이 연주자라고 하겠다.

슬픔처럼 아련하게
AS IMPERCEPTIBLY AS GRIEF

슬픔처럼 아련하게
  여름은 스러지고 말았다 —
너무도 아련해서, 차마
  배반 같지도 않았다.

고요가 시나브로 퍼졌다
  황혼이 오래전에 시작된 듯이
자연이 고독을 즐기느라
  오후를 격리해 버린 듯이.

땅거미는 점점 일찍 지고
  여명은 낯설게 빛났다 —
정중하지만 마음 아픈 호의에
  떠나고 싶은 손님처럼.

그렇게, 날개도 없이
  배의 도움도 없이
우리의 여름은 가뿐히 달아나서

미계美界로 들어가 버렸다.

인디언서머*
INDIAN SUMMER

바야흐로 새들이 돌아오는 시절,
아주 적은 한두 마리만이
뒤돌아보는 때.

바야흐로 하늘이 유월의 낡고 낡은
궤변을 늘어 놓는 시절 ─
청황색의 착각.

오 꿀벌도 못 속이는 사기,
너의 그럴듯함에 넘어가
거의 믿을 뻔했는데

온갖 씨앗들이 증언하고
일변한 공기를 헤치고 살며시
떨어지는 소심한 나뭇잎 하나!

---

* 북아메리카에서 한가을과 늦가을 사이에 비정상적으로 따뜻한 날이 계
  속되는 기간을 말한다. 유럽에서는 '늙은 아낙네들의 여름' 또는 '물총
  새의 나날'이라고 부르고, 영국에서는 성자의 이름을 빌려서 '성 마르틴
  의 여름'이나 '성 누가의 여름'으로 칭하기도 한다.

오 여름날들의 성체여,
오 안개 속의 마지막 성찬이여,*
한 아이도 함께하게 끼워다오

너의 거룩한 표상들을 함께하게
너의 신성한 빵을 나눠 먹게
너의 영원한 포도주를 맛보게!

---

* '성찬'은 가톨릭에서 성찬식 때 쓰는 음식을 말하며, 이를 일컬어 "성체"
라고 한다. 예수의 살을 상징하는 빵과 그의 피를 상징하는 포도주가 바
로 성체다.

나의 귀뚜라미

MY CRICKET

여름에는 새들보다 아스라이,
　풀밭에서 애처롭게
한 소국小國이
　삼가 미사를 올린다.

보이는 의식은 없으나
　은총이 아주 서서히,
구슬픈 관습으로 굳어져서
　고독을 널리 널리 퍼뜨린다.

팔월이 나직이 타면서
　평안의 전형,
이 유령 소곡을 불러내는
　한낮에도 아주 고풍스럽다.

타는 빛에 은총 한 결
　주름 한 줄 변함없어도

드루이드* 같은 작은 변화에

자연이 지금 앙양일로다.

---

* "드루이드"는 고대 켈트족의 성직자로, 예언자, 재판관, 시인, 마법사로
  통했다. 아서 왕궁의 멀린이 좋은 예다.

저녁
EVENING

귀뚜라미가 노래했고,

해가 졌고,

직공들도, 하나둘,

　하루의 솔기를 마무리하였다.

나직한 풀들에 이슬이 영글었다,

황혼이 낯선 사람들처럼 멈춰서서

모자를 손에 쥔 채, 겸연쩍고 어색하게

　갈까 말까 망설였다.

어떤 광막한 기운이, 이웃처럼, 찾아왔다 —

얼굴도 이름도 없는 어떤 지혜,

어떤 평화가, 두 반구처럼 귀가했다* —

　그리고 이내 밤이 되었다.

＊　'북반구와 남반구가 집에 돌아와서 완전한 구체(지구)를 이루는 상황
　또는 상태'를 연상시킨다. 낮 동안에 방랑하거나 들떴던 마음에 지혜와
　평화("두 반구")가 다시 깃들어 안정을 찾았다는 의미로, 기발한 착상이
　돋보인다.

바람의 방문

THE WIND'S VISIT

바람이 지친 사람처럼 똑똑,
　주인처럼 "들어와요"
내가 담대하게 대답하자
　집 안으로 들어왔다.

재빠른, 발 없는 손님,
　그에게 의자를 권하는 것은
공기한테 소파를 내밀듯
　있을 수 없는 일이다.

몸을 동여맬 뼈 하나 없는
　그의 말씨는 흡사 무수한
벌새들이 울창한 수풀에서
　동시에 날아오르는 소리 같다.

그의 얼굴은 큰 놀 같고
　손가락은, 지나쳤다 싶으면,
유리컵 안에서 부글부글 부푼

가락 같은 음악을 풀어 놓는다.

바람이 방문해서 나직이 휙휙,
  소심한 사내처럼 다시 똑똑
두드리고 ― 허둥지둥 가버렸고 ―
  이내 나 홀로 남았다.

가을

AUTUMN

아침이 전보다 한결 화창하고
　밤알들도 갈색으로 변해간다.
포도 뺨이 포동포동 살찌고
　장미는 마을에서 사라졌다.

단풍나무가 한결 화려한 스카프를 두르고
　들판도 주홍색 가운을 입었다.
나도 구식으로 안 보이려면
　시시한 장신구라도 걸쳐야겠다.

수다
GOSSIP

나뭇잎들이 마치 여자들처럼
  기민한 밀담을 나눈다.
가끔 끄덕끄덕, 가끔은
  엄숙한 추정

이래저래 서로서로
  비밀을 요구하며 ─
악평에 대비하는
  불가침의 맹약.

버섯
THE MUSHROOM

버섯은 식물들의 꼬마 요정,
　저녁에는 아니지만
아침이면 송로버섯 오두막 안
　한 곳에, 줄곧 기다렸다는

듯이, 버섯이 맺혀 있다.
　그러나 버섯의 일생은
뱀의 꾸물거림보다 짧고
　가라지*보다도 덧없다.

버섯은 식물계의 요술쟁이,
　알리바이의 싹,
거품처럼 앞다퉈 나왔다가
　거품처럼 부리나케 사라진다.

풀밭도, 용의주도한

---

* "가라지"는 밭에 난 강아지풀로, 언제 뽑힐지 모른다는 뜻.

여름의 은밀한 자손,
버섯의 간헐적인 방문을
반기는 것 같지만

자연에 버림받은 얼굴이 있다면
자연도 자식을 경멸할 수 있다면
자연에도 이스가리옷* 같은 자식이 있다면
그것은 버섯 — 바로 그놈이다.

---

* "이스가리옷"(또는 가롯)은 예수를 배반한 유다의 성.

쥐
THE RAT

쥐는 아주 약빠른 세입자.
　집세 한 푼 안 내고 ─
은의恩義와는 담을 쌓은 채
　갖은 음모에 혈안이다.

우리 정신을 쏙 빼놓으며
　찍찍대거나 회피하기 일쑤니
그렇게 조심스러운 적을
　혐오해봐야 부질없는 짓이다.

추방령을 내려본들
　놈은 제지 불가니,
　그저 평정심이
　적절한 처신이다.

뱀

THE SNAKE

웬 가느다란 녀석이 풀밭에서
간간이 기어 다니지요 —
당신도 혹시 마주치지 않았어요?
녀석은 갑자기 나타나잖아요 —

풀밭이 빗에 빗기듯 갈라지며,
점박이 나무줄기 같은 몸통이 드러나고,
당신의 발치에서 움츠렸다가
다시 펴고 계속 나아가지요 —

녀석은 습지대를 좋아하지요 —
옥수수가 자라기엔 너무 찬 땅이죠 —
물론 맨발의 소년이었을 때
나도 한 번 이상 한낮에

지나쳤는데 웬 채찍 끈이
햇볕에 풀려난 줄 알았어요
치워두려고 몸을 수그렸는데

그게 꿈틀대며 사라져버렸죠 —

나는 자연의 여러 주민을
알고, 그들도 나를 아는데
나는 그들에게 진심 어린
황홀감 같은 것을 느껴요.

그렇지만 이 녀석만 마주치면
옆에 누가 있든 혼자 있든
금방 숨이 턱턱 막히고
뼛속까지 얼어붙더라고요.

수수한 삶
SIMPLICITY

작은 돌은 얼마나 행복할까

길에서 홀로 뒹굴며

출세에 관한 관심도

절박하게 걱정할 일도 없이

지나가는 우주가 걸쳐준

자연스러운 갈색 코트 입고

태양처럼 자유롭게

어울리거나 홀로 빛나며

무심하게 수수하게

절대 천명을 다하나니.

불
FIRE

재는 불이 있었다는 뜻이다.
　그 진회색 더미를 존중하자
그곳에서 잠시 맴돌다가
　떠나버린 생명을 위해서.

불은 먼저 빛으로 존재하고,
　그 후에 굳어진다 —
화학자만이 그 탄화 과정을
　밝힐 수 있으리라.

눈
THE SNOW

눈이 납빛 체에서 떨어진다.
온 숲에 하얀 가루를 뿌려서
설화석고 솜털로
길의 주름살들을 메운다.

산도 들판도 한결같은
한 얼굴로 변신시킨다 —
동쪽에서 다시 동쪽까지
주름 없이 반듯한 이마로.

눈이 울타리에 손을 뻗친다.
난간을 하나둘 휘감아
하얀 털에 파묻어버리고
그루터기 볏가리 나무줄기에

수정 베일을 내두른다 —
여름의 텅 빈 방,
추수 후의 이랑만 남은 논밭이

흔적도 없이 오로지 눈 세상.

눈이 여왕의 발목 같은
말뚝 손목들에 주름 옷을 입히니 —
목수들도 있었는지 없었는지
유령처럼 침묵할 따름이다.

누가 숲을 훔쳤나?

WHO ROBBED THE WOODS?

누가 숲을 훔쳤나

믿음의 숲을?

의심 없는 나무들이

까끌까끌한 껍질과 이끼를 길러내서

사람의 공상을 기쁘게 해줬거늘.

사람도 신기한 듯 그 장신구들을 살펴보다가

꼭 움켜쥐고 품어갔거늘.

근엄한 솔송나무가 뭐라고 할까

전나무가 뭐라고 할까?

다친 사슴이 가장 높이 뛴다
A WOUNDED DEER LEAPS HIGHEST

다친 사슴이 가장 높이 뛴다고,
사냥꾼이 하는 말을 들었다.
그것은 죽음의 황홀경일 뿐,
어느새 숲은 고요를 되찾는다.

강타당한 바위는 물을 뿜고,
짓밟힌 용수철은 솟구친다.
소모열*이 자극할 때마다
뺨은 더 붉어지기 마련이다!

명랑은 고뇌의 미늘 갑옷으로,
조심스럽게 무장하고 있다,
아무도 그 피를 알아채고
"너 다쳤지" 외치지 못하게!

---

* 많은 땀, 오한과 홍조를 동반하는 열(폐결핵의 증세).

인간
A MAN

운명이 그를 죽였으나, 그는 쓰러지지 않았다.
　그녀가 넘어뜨렸으나 — 그는 넘어지지 않았고 —
아주 잔혹한 말뚝들로 그를 찔러댔으나 —
　그는 그 모두를 무력하게 만들었다.

그녀는 그를 쏘며, 꿋꿋한 전진을 방해했다.
　그러나 그녀가 최악의 조치를 했는데도,
그가, 흔들림 없이, 그녀를 주시하지,
　그를 인간으로 인정하였다.

구식
OLD-FASHIONED

대각성이 그의 다른 이름이다 —
나는 차라리 별이라고 부르고 싶다!
나서고 참견하는
과학은 정말로 매정하다!

나는 숲에서 한 꽃송이를 딴다 —
웬 유리 달린 괴물이
수술을 단숨에 측정해서
그 꽃을 한 종류로 분류한다.

내가 예전에 모자로
잡았던 나비가
클로버-화관을 잊은 채
유리장에 똑바로 앉아 있다.

예전의 하늘이 이제는 천정이다.
시간의 짧은 가장무도회가 끝나고
내가 가고 싶었던 그곳도

지도로, 도표로 표시된다!

혹시 남극 북극이 가볍게 흔들려
거꾸로 서면 어찌 될까?
최악에 준비되어 있는 나이기를
어떤 짓궂은 일이 닥쳐도!

혹시 하늘 왕국도 변했으려나!
그곳 아이들은
신식이 아니기를, 내가 갔을 때,
나를 비웃으며 노려보지 않기를!

하늘에 계신 아버지께서
어린 딸을 안아 올려주시기를 —
구식의 장난꾸러기 천더기를 —
그 진주 문설주 너머로!

나는 화산을 보지 못했다

I HAVE NEVER SEEN VOLCANOES

나는 "화산"을 보지 못했다 —
　그러나 여행자들의 얘기가
저 늙고 무기력한 산들이
　대게는 아주 고요한데 —

속에 — 무시무시한 화기,
　화염, 연기, 화포를 품고 있다가
마을들을 아침거리로 먹어 치우며
　사람들을 섬뜩하게 한단다 —

혹시 인간의 얼굴에 깃든
　고요도 화산처럼
속에 타이탄 같은 고통의
　온갖 성질을 숨기고 있다가 —

속에 맺힌 괴로움을 끝내
　극복하지 못하고 —
그 흙 몸속에서 고동치는

포도원을 쏟아낸다면?

혹시 어떤 고미술품 애호가도
　부활의 아침에
기쁨에 겨워 "폼페이여!" 언덕으로
　돌아오라 소리치지 못한다면!*

＊　"폼페이"는 이탈리아 나폴리 근처의 옛 도시로, 서기 79년에 베수비오
　　화산의 분화로 매몰되었다.

한 줄기 빛살이 비스듬히

THERE'S A CERTAIN SLANT OF LIGHT

한줄기 빛살이 비스듬히
　겨울 오후에 ―
무겁게 덮친다, 대성당의
　묵직한 음색처럼 ―

우리에게 거룩한 상처를 입힌다 ―
　흉터 하나 찾을 수 없지만
내면의 변화,
　그로 인한 숱한 의미들 ―

아무도 ― 누구도 ― 가르칠 수 없는
　바로 절망의 봉인 ―
하늘이 우리에게 보낸
　장엄한 고통 ―

그 빛살이 나타나면 풍경은 경청하고 ―
　그림자들 ― 숨죽인다 ―
사라질 때는 마치 죽음의

얼굴에 밴 서먹서먹함 같다.

제4부 / 죽음과 그 후

사람들이 사라진다는 걸 알았다

I NOTICED PEOPLE DISAPPEARED

사람들이 사라진다는 걸 알았다
　겨우 어린아이였을 때는 —
멀리 떠났으려니, 황량한 지역에
　정착했으려니 상상하였다.

이제는 그들이 떠나 황량한 지역에
　정착했다는 것뿐 아니라
다 죽어서 그랬다는 — 그 어린아이에게
　감췄던 사실까지 다 안다!

끝나는 날까지
TILL THE END

나는 감히 내 벗을 떠나지 못하리라
　왜냐면 ─ 왜냐면 내가 없는 사이에
혹시 벗이 죽으면 내가 ─ 너무 늦게 ─
　나를 원했을 그 가슴에 이를 테니.

보고파서 애타게 찾고 또 찾으며
　나를 "볼" 때까지 ─ 나를 볼 때까지
애써 견디며 차마 감지 못할
　두 눈을 실망시키느니

내가 꼭 올 거라며 ─ 내가 꼭 올 거라며
　더디 오는 나의 이름을 부르며
귀를 기울이다가 귀를 기울이다가 잠들
　끈질긴 믿음에 상처를 주느니 ─

차라리 내 가슴이 먼저 부서지기를
　그렇게 부서져, 그렇게 부서져서
한밤 서리가 내린 곳에 다음 날

아침 햇살처럼 부질없기를!

혹시 내가 죽더라도

IF I SHOULD DIE

혹시 내가 죽더라도

늘 그래왔듯 평소처럼

당신은 살아가고

시간은 계속 흐르고

아침은 빛나고

한낮은 불타리라.

새들은 일찍부터 집을 짓고

벌들도 부산하게 돌아다니리 —

누구나 지상 모험을 즐기다가

언제든 떠날 수 있는 법!

우리가 데이지와 함께 누워도

주식이 살아 있어서 거래가 계속되고

장사도 술술 풀리리라

생각하면 즐거운 일이다.

신사들이 아주 명랑하게

그 기분 좋은 정경을 연출해 주면

이별도 편안하고

영혼도 평온하리라!

천국에 가겠죠!
GOING TO HEAVEN!

천국에 가겠죠!

나도 언제인지는 몰라요 —

제발 어떻게 가냐고 묻지 마세요!

정말이지 나도 너무 놀라서

당신에게 대답할 엄두가 안 나요!

천국에 가겠죠! —

어찌나 아련하게 들리는 소린지!

그렇지만 꼭 이루어질 거예요

양 떼가 밤에 집으로 돌아가서

목동의 팔에 안기듯이 확실하게요!

아마 당신도 가겠죠!

누가 알겠어요?

당신이 거기에 먼저 도착하거든

나를 위해 작은 공간 하나 남겨 두세요

내가 잃어버린 두 사람과 가까운 곳에다가 —

아주 작은 "옷"도 내게 맞을 거예요

자그마한 "화관"도 좋겠네요 —

당신도 알다시피 집에 갈 때는
다들 옷은 신경 쓰지 않으니까요 —

다행히도 나는 그걸 믿지 않아요
그랬다간 내 숨도 멎어버릴 테니까요 —
게다가 나는 너무나 신기한 대지를
좀 더 보고 싶거든요!
다행히도 그 둘은 그걸 믿었죠
그 굉장한 가을 오후에
내가 두 사람을 땅속에 두고 온 이후로
한 번도 그들을 만나지 못했거든요.

내 삶은 닫히기 전에 두 번 닫혔다

MY LIFE CLOSED TWICE BEFORE ITS CLOSE

내 삶은 닫히기 전에 두 번 닫혔다.

아직은 두고 봐야겠지만

불멸이 베일을 벗겨서

내게 보여줄 세 번째 사건도

두 번 닥친 그것들처럼

품기에 너무 거대하고, 너무 절망적일지는.

이별은 천국에 대해 우리가 아는 전부다

그리고 우리에게 지옥이 필요한 이유다.*

---

* "이별"(죽음)이 죽은 사람에게는 "천국"일지 모르겠지만, 남은 사람에게
는 "지옥"일 수밖에 없다는 의미.

전장
THE BATTLE-FIELD

그들이 눈송이처럼 추락했다, 그들이 별처럼 추락
했다,
　장미 꽃잎들처럼,
　느닷없이 6월을 가로질러
　　숱한 손가락의 바람이 지나갈 때.

그들이 매끄러운 풀밭에 묻혀 죽었다 ─
　아무도 그 장소를 찾을 수 없었다.
　하나님만이 그분의 철회 없는 목록에 적힌
　　모든 얼굴을 소환할 수 있을 뿐.

내가 보았던 유일한 유령이

THE ONLY GHOST I EVER SAW

내가 보았던 유일한 유령이

메클린* 옷을 입고 있었다 ― 그렇게.

그는 발에 샌들도 신지 않은 채,

눈송이들처럼 나아갔다.

걸음걸이가, 새처럼, 조용했지만,

노루처럼, 빨랐다.

패션이 진기했는데, 모자이크 무늬,

아니면, 아마, 겨우살이였으리라.

대화는 거의 없었고,

웃음소리도 수심에 잠긴

나무들 사이의 옴폭 팬 곳에

잦아드는 산들바람 소리 같았다.

우리의 만남은 일시적이었다 ―

그 자신이, 나를 피했다.

그 끔찍한 날 이후로

---

* "메클린"은 벨기에 북중부에 있는 도시로, 독특한 무늬의 '메클린 레이스' 산지로 유명하다.

나도 절대 뒤돌아보고 싶지 않다!

유령들
THE GHOSTS

유령이 나오는 방이 될 필요는 없다,
집이 될 필요도 없다.
뇌는 물질적인 장소를 능가하는
통로들을 품고 있다.

한밤중에 만나는
외부의 유령이 훨씬 안전하다,
그 새하얀 무리를 마주치는
어떤 내부보다도.

석상들이 뒤쫓아오는
수도원을 냅다 빠져나오는 게 훨씬 안전하다,
달도 없이, 쓸쓸한 장소에서
자기 자신을 맞닥뜨리느니.

우리 자신 뒤에 숨어 있는, 우리 자신이,
가장 깜짝 놀라게 한다.
우리의 아파트 안에 숨어 있는 암살자는

조금도 무섭지 않다.

신중한 이는 권총을 품고 다니고
문에 빗장을 건다,
더 가까이 있는
훨씬 강력한 망령을 간과한 채.

주님

THE MASTER

그분은 당신의 영혼을 더듬는다
음악을 완주할 때까지
연주자들이 건반을 골라 두드리듯.
그분도 당신을 서서히 멍하게 만든다,

쉽게 부서지는 당신의 본성이
영묘한 타격*에 대비하게 해서,
아주 멀리서 들렸다가, 아주 서서히,
가까워지는, 까마득한 망치 소리로

당신에게 숨결을 가다듬고,
들끓는 뇌를 식힐 시간을 주었다가 —
한 번의 장엄한 벼락을 때려서
벌거벗은 영혼의 머리 가죽을 벗긴다.**

＊　하늘이 내리는 심판, 죽음.
＊＊　일부 아메리카 인디언 부족들이 '승리의 징표'로 죽은 적의 머리 가죽을
　　벗겼던 역사를 떠올리게 하는 표현.

어떤 이에게는 치명-타가
부활-타다

A DEATH-BLOW IS A LIFE-BLOW TO SOME

어떤 이에게는 치명-타가 부활-타다

죽을 때까지, 살아나지 못한 이들에게는,

살다가 죽었으나, 죽었을 때

비로소 생명이 시작된 이들에게는.

죽었다
DEAD

이 내실에는 잠보다도
　고요한 무언가가 있다!
가슴에 어린 가지 하나 품었을 뿐
　이름도 말해주지 않는다.

누구는 만지고 누구는 입 맞추고
　누구는 그 굳은 손을 비빈다.
수수하고 엄숙한 기운이 감도는데
　나는 이해하지 못하겠다!

순박한 가슴의 이웃끼리는
　"일찍 죽었다"라고 잡담하는 것을,
우리는 곧잘 에둘러서
　새들이 날아가 버렸다고 말한다!

집 안에서 부산떠는 것은
THE BUSTLE IN A HOUSE

사후의 아침에
집 안에서 부산떠는 것은
대지에서 행해지는
가장 엄숙한 노력 —

영원의 순간까지
우리가 다시는 이용하고 싶지 않은
가슴을 쓸어내고
사랑을 치우는 일 —

내 머릿속에서 장례식을
치르는 것 같았다

I FELT A FUNERAL, IN MY BRAIN

내 머릿속에서, 장례식을 치르는 것 같았다

조문객들이 왔다 갔다

계속 밟고, 밟아대는 바람에,

감각이 완전히 부서지는 것 같았다.

마침내 그들이 모두 자리에 앉자,

예배 소리가, 마치 북처럼

계속 둥둥, 둥둥 울려대는데,

내 마음이 멍해지는 것 같았다.

이윽고 그들이 한 상자를 들더니

똑같은 납 부츠로, 다시,

내 영혼을 밟고 가는 소리를 들었다.

그러자 우주가 울리기 시작했다

마치 온 하늘이 하나의 종이고,

존재도, 그저 하나의 귀일 뿐이며,

나와 침묵이 어떤 낯선 종족으로,

난파되어, 외로이, 여기에 버려진 듯이.

그 와중에 이성의 받침대가 부서졌고,
나는 아래로, 아래로 떨어졌다
추락할 때마다, 어떤 세상을 들이받다가
정신을 잃고 말았다 — 결국 —

내 판결문을 차분하게 읽었다
I READ MY SENTENCE STEADILY

내 판결문을 차분하게 읽고,
내 눈으로 그것을 검토하다가,
최종 주문에서 내가 아무 잘못도
저지르지 않았음을 확인하였다 —

치욕의 날짜와 방식에 이어,
영혼에 "신께서 자비를 베푸소서"라고
배심원단이 투표했다는
경건한 결정문.

내가 나의 영혼을 곤경에
익숙해지도록 만든 덕에,
그 마지막 고비도
어떤 새로운 고통이 아니라,

영혼과 죽음이, 서로 아는 사이로,
친구처럼 편안하게 만나,
거리낌 없이 경례하고 통과할 테니 —

그러고 나면 사건이 다 마무리되리라.

회상
RETROSPECT

내가 죽은 게 꼭 작년 이맘때였다.
　관에 실려 농장을 지나칠 때
옥수수 소리를 들어서 잘 알고 있다 —
　옥수수에 수염이 나 있었다.

리처드가 방앗간에 갈 때쯤이면
　샛노랗게 물들겠지 생각하다가
문득 밖으로 나가고 싶었는데
　무언가가 나의 의지를 붙들었다.

그냥 빨간 사과들이 꼭지의
　밑동에 쐐기처럼 박혀 있는 모습,
손수레들이 구부정히 밭을 돌아다니며
　호박을 싣던 모습이 떠올랐다.

누가 제일 나를 그리워하지 않을까?
　그리고 추수감사절이 오면
혹시 아버지는 접시를 늘려서

전과 같은 수로 상을 차리실까?

내 스타킹이 너무 높이 걸려 있어서
  크리스마스 환희를 잡치면,
산타클로스의 손이 내 양말 높이에
  미치지 못하면 어쩌지?

그런저런 생각에 슬픔만 더했다.
  그래서 내가 생각한 것이
어느 완벽한 해, 꼭 이맘때에
  그들이 나에게 오면 어떨까?

내가 죽었을 때
윙윙 파리 소리 들었다
I HEARD A FLY BUZZ WHEN I DIED

내가 죽었을 때 윙윙 파리 소리 들었다.
　내 몸을 둘러싸는 고요가
마치 몰아치는 폭풍 속의
　대기에 깃든 정적 같았다.

곁에 있는 눈들도 벌써 눈물이 마르고
　숨결들이 모여서 굳건하게
저 마지막 가는 길, 왕께서 친히
　임석하실 순간을 기다리고 있었다.

나는 유품을 유서 증여하고 내 몫에서
　할당할 수 있는 재산을
서명 양도하였다 — 바로 그때
　파리 한 마리가 끼어들었다

울적하게, 아련하게, 갈팡질팡 윙윙대며
　빛과 나 사이로.
이윽고 창들이 흐릿해지더니 결국

나는 보고파도 볼 수 없었다.

나는 미를 위해 죽었다

I DIED FOR BEAUTY

나는 미를 위해 죽었는데
　관에 담겨 무덤에 들자마자
진리를 위해 죽은 이가
　이웃의 한 방에 누웠다.

그가 나직이 물었다. 왜 죽었나?
　"미를 위해." 내가 대답했다.
"나는 진리를 위해 — 둘은 하나니
　우리는 형제네." 그가 말했다.

그래서 친척끼리 밤길에 만난 듯이
　우리는 방을 사이에 두고 얘기했다
이끼가 우리의 입술까지 내뻗어
　우리의 이름들을 휘덮을 때까지.

전차
THE CHARIOT

내가 죽음을 위해 멈출 수 없기에
　죽음이 친절하게 나를 위해 멈춰주었다.
마차 안에는 우리 둘과
　불멸뿐이었다.

우리는 천천히 갔다. 서두르지 않는
　죽음의 정중한 배려에
나는 나의 일과 여가까지
　치워두고 떠났다.

우리는 아이들이 뛰노는 학교를 지나갔는데
　아직 수업이 안 끝난 모양이었다.
우리는 황홀하게 쳐다보는 곡물 밭을 지나고
　우리는 지는 해를 지났다.

그리하여 우리는 부푼 땅처럼 보이는
　어느 집 앞에 멈추었다.
지붕은 거의 보이지 않았고

천장 돌림띠도 그냥 흙무덤 같았다.

그리고 수백 년이 지났는데, 처음으로
  말들의 머리가 영원을 향하고 있구나
그런 생각이 들었던 그 날에 비하면
  100년 세월도 짧게만 느껴진다.

죽음
DEATH

죽음이 벌레처럼
　나무를 위협하여
죽일 수 있지만
　미끼에 걸려들 수도 있다.

발삼*으로 유혹해 보라
　인생 전부를 걸고
칼로 콕콕 쑤셔서 그놈을
　난처하게 해 보라.

그러다가 그놈이 파고 들어가
　손쓰지 못할 지경이면
나무를 둥둥 울리고 두고 보라 ―
　그 해충의 의지에 달렸다.

---

* "발삼"은 침엽수에서 분비되는 끈끈한 액체로, 알코올과 에테르에 녹으며 접착제나 향료 등에 쓰인다. 죽음이 한낱 벌레라면, 향긋한 발삼의 유혹에 넘어가, 나무에서 기어 나왔다가, 마치 끈끈이에 붙은 파리처럼, 옴짝달싹하지 못하는 신세가 되고 말 것이다!

나는 황무지를 본 적이 없다

I NEVER SAW A MOOR

나는 황무지를 본 적이 없고
　바다를 본 적도 없지만
히스밭이 어떤 모습일지
　파도가 어떻게 일지는 안다.

나는 신과 얘기를 나눈 적이 없고
　천국에 가본 적도 없지만
마치 해도에 그려진 듯이
　그곳을 확신한다.

불멸

IMMORTALITY

피라미드들도 퇴락하고,
　왕국들도, 과수원처럼,
금시에 적갈색으로 변해 버리지만,
　우리에게 불멸의 장소가 있다는 것은

참 영광스러운 생각이라서,
　일상의 거리에서
점잖은 분들을 만난 듯이,
　절로 모자를 들어 보이게 한다.

출항
SETTING SAIL

환희란 내륙의 영혼이
 바다로 나아가는 것이다 —
집들을 지나, 갑들을 지나서
 깊은 영원 속으로!

산에서 자란 우리처럼
 뱃사람도 난생처음 육지를 떠나는
저 거룩한 흥분을
 이해할 수 있을까?

떠나간다! 작은 배가 떠나간다!
A DRIFT! A LITTLE BOAT ADRIFT!

떠나간다! 작은 배가 떠나간다!
  어느새 밤이 깔리고 있다!
작은 배를 제일 가까운 마을로
  안내해 줄 이가 없으면 어쩌나?

그러자 선원들이 말한다, 어제,
  황혼이 갈색으로 물들 무렵에,
작은 배 한 척이 싸움을 포기하고,
  꼬르륵꼬르륵 아래로 가라앉았다.

그런데 천사들은 말한다, 어제,
  여명이 붉게 물들 무렵에,
작은 배 한 척이 돌풍에 시달리다가,
다시 돛대를 정비하고, 돛을 달고서,
  의기양양하게, 앞으로 질주하였다!

들리지 않는 선율
MELODIES UNHEARD

음악가들이 곳곳에서 씨름한다.
온종일 혼잡한 대기에 떠도는
　은빛 다툼 소리가 들린다.
그리고 — 여명 한참 전에 깨어나 —
도시로 밀려드는 황홀한 기운,
　그것이 내가 상상하는 "새 삶!"

그것은 새가 아니라서 둥지가 없다.
담황색 주홍색 옷차림의 악단도 아니요
　탬버린도, 사람도 아니요
설교단에서 낭송되는 찬가도 아니다 —
바로 아침 별들이 삼중창단을 이끌고
　시간의 첫 오후 타고 오는 소리!

누구는 천체들의 연주 소리*라고 한다!

---

* 　'천체들이 회전할 때 음악 소리를 낸다'라고 생각하고 그리 주장한 대표
　적인 인물이 그리스의 수학자이자 철학자 피타고라스(Pythagoras, 기원
　전 582?~500?)였다.

누구는 갑자기 사라진 부인과 신사들의
　　밝은 무리라고 주장한다!
누구는 훗날 우리가 거룩한 얼굴로
하나님을 기쁘게 해드릴 곳에서
　　확신할 성가라고 단언한다!

승리
TRIUMPH

승리는 여러 가지다.
  저 늙은 최고 지배자, 죽음을
믿음으로 극복할 때
  그 방 안에 승리가 있다.

진리가 오랜 모욕을 이겨내고
  침착하게 자신의 절대자,
시이요 유일한 청중을 향해 나아갈 때
  한층 멋진 정신의 승리가 있다.

자발적으로 거절하고 한 눈은 하늘을
  또 한 눈은 고통을 응시하며
유혹의 뇌물을 천천히
  돌려줄 때의 승리.

저 꾸밈없는 법정에서 면죄되어
  여호와의 용안을
지나칠 수 있는 행운아가

경험할 한층 엄숙한 승리.

비밀
SECRETS

하늘은 비밀을 지키지 못한다!
　산에게 말해 버린다 ㅡ
산도 곧 과수에게 말한다 ㅡ
　과수는 또 수선화들에게!

그 길을 우연히 지나가는 새도
　수월하게 전말을 엿듣는다.
내가 그 작은 새를 매수한들
　새가 말을 안 할지 누가 알랴?

그렇지만 나는 안 할 것 같다
　때로는 모르는 게 더 좋으니까.
가령, 여름이 자명한 이치라면
　눈雪이 무슨 마법을 부리랴?

그러니 비밀을 지키세요, 아버지!
　당신의 신식 세상에서
사파이어 빛깔의 동무들이 뭘 하는지

가능하면, 알려고 하지 않을게요.

나는 천국에 갔다

I WENT TO HEAVEN

나는 천국에 갔다 —
그곳은 작은 마을,
루비 등불 빛나는
윗대 위에 솜털 마을.
이슬 흠뻑 젖은
들판보다 고요하고
아무도 못 그려 본
그림처럼 아름다운 곳.
나방 같은 사람들,
메클린 무늬의 창틀,
거미줄 같은 일과와
오리 솜털 같은 이름들.
못내 흐뭇한 마음으로
나도 그 유일한 세상의
일원이
될 수 있었다.

에밀리 디킨슨의 삶과 문학

Emily Elizabeth Dickinson, 1830.12.10~1886.5.15

1846년 혹은 1847년의 에밀리 디킨슨

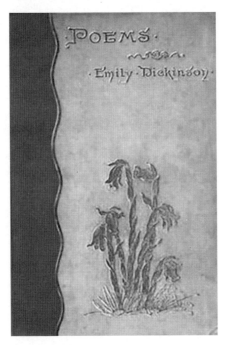

1890년 『시집』 초판의 표지

에밀리 디킨슨은 1830년 12월 10일 매사추세츠주의 애머스트에서 태어났다. 디킨슨은 200년 전에 신대륙으로 이주하여 자수성가한 가문의 후손으로, 할아버지 사무엘 디킨슨은 1821년에 거의 자력으로 애머스트칼리지를 설립하였고, 아버지 에드워드 디킨슨은 이 대학에서 거의 반평생을 재무 담당자로 일하며 주의원까지 지낸 명사였다. 에밀리는 3남매 중 둘째로, 오빠 윌리엄과 여동생 라비니아가 있었다.

에밀리 디킨슨은 초등학교를 거쳐 1840년 9월 7일에 여동생 라비니아와 함께 애머스트아카데미에 입학하여, 거기서 7년간 영문학, 고전문학, 라틴어, 식물학, 지질학, 역사, 심리학, 산수 등을 공부했는데 아주 명민한 모범생이었다. 디킨슨은 1847년 8월 10일에 애머스트아카데미에서 마지막 학기를 마치고, 애머스트에서 약 15km 거리의 마운트홀리요크여자신학교에 입학했으나 10개월밖에 다니지 않았다. 학교를 일찍 그만둔 이유로 건강상의 문제, 학교의 지나친 복음주의 열기에 대한 반발, 향수병 등이 거론된다. 어쨌거나, 그녀는 1848년 3월 25일에 학교로 찾아온 오빠 윌리엄과 함께 집으로 돌아갔다.

집에 돌아온 디킨슨에게 시인들을 소개해주고 직접 시를 쓰는 계기를 마련해 준 사람으로 흔히 벤저민 뉴턴이 거론된다. 2년간 디킨슨의 아버지에게 법률을 공부한 법학도로서, 그녀에게 영국의 낭만주의 시인 윌리엄 워즈워스의 시를 접하게 해주고 미국 초월주의운동의 대부 랠프 월도 에머슨의 첫 시집을 선물해 준 사람이었다. 그러나 안타깝게도 벤저민이 결핵으로 일찍 죽는 바람에 두 사람의 인연은 금시에 끝나버리고 만다. 그는 죽기 전에 디킨슨에게 보낸 편지에서 그녀가 위대한 시인으로 성장할 때까지 살고 싶다고 말했고, 디킨슨은 자신에게 '불멸'을 가르쳐준 사람이 영영 떠나버렸다고 많이 안타까워 했다.

1855년까지 주로 애머스트의 집에서 머물렀던 에밀리 디킨슨은 그해 봄에 어머니, 여동생 라비니아와 함께 워싱턴으로 여행을 떠난다. 아버지가 매사추세츠 주의원으로 일하던 곳이었다. 그녀는 워싱턴에서 3주를 지내고 필라델피아에 들러 그곳에서 2주를 보냈는데, 이때 만난 사람이 유명한 설교가 찰스 워즈워스 목사였다. 그가 1862년에 샌프란시스코로 이사하는 바람에 1855년 이후로 두 번밖에 만나지 못했으나, 찰스 목사는 디킨슨의 표현대로 "나의 필라델피아, 나의 목사님, 나의 가장 소중한 지상 친구, 어린 소녀 시절부터 나의 목자"로서, 죽을 때까지 그녀와 우정을 나눴다.

디킨슨의 칩거 생활이 시작된 시점도 이즈음이었다. 1850년대 중반부터 갖가지 만성질환에 시달리던 어머니가 결국 몸져눕게 되었고, 디킨슨이 집안 살림을 도맡아 하게 되면서 자연스럽게 그리된 것이었다. 어머니가 1882년에 돌아가신 것을 감안하면 거의 30년에 가까운 세월이다. 신경쇠약, 광장공포증, 간질 등의 병 때문에, 아니면 30대에 겪은 실연의 아픔 때문에 디킨슨이 스스로 은둔의 길을 택했다는 주장도 있으나, 신비감은 좀 떨어져도, 의지와 상관없이 그녀에게 주어진 어쩔 수 없는 현실 때문에 그렇게 되었다고 보는 것이 옳을 듯싶다.

자의에서 그랬든 타의에서 그랬든, 바깥세상으로부터 점점 멀어진 디킨슨은 1858년 여름부터 그동안 써온 시들을 재검토하여 깨끗하게 필사하고 그것들을 원고 형태의 책으로 묶기 시작한다. 그렇게 1858년부터 1865년까지 엮은 원고 시집이 40권이나 되었고 시의 편수로는 거의 800편에 달했다. 그러나 그녀가 살아생전에 이 시집들의 존재를 아는 사람은 아무도 없었다.

디킨슨이 살아 있을 동안에 발표한 시는 겨우 열 작품 정도였다. 대부분 『스프링필드 리퍼블리컨』을 통해 발표되었는데, 이 잡지의 편집장을 맡고 있던 사무엘 보울즈와 디킨슨 가족 간의 두터운 친분 때문이었다. 디킨슨은 그에게 30여 통의 편지와 50여 편에 달하는 시를 보냈다고 하며, 1858년부터 1868년 사이에 보울즈는 자신의 잡지에 「아무도 이 작은 장미를 모르리」, 「뱀」, 「금빛으로 타올랐다 보랏빛으로 꺼져가며」와 「술」 등을 실어주었다. 보울즈는 디킨슨의 시적 감수성을 이해하는 몇 안 되는 사람 중 한 명이었으나, 그녀의 양해도 구하지 않고 잡지에 시를 싣는다거나, 제목, 형식과 내용을 자기 마음대로 고쳐서 싣는 바람에 그녀에게 적잖은 충격을 안겼다고 전해진다. 그리고 남북전쟁 와중이던 1864년에 북군 병사들의 의료기금 마련을 위해서 『북

소리』에 몇 편의 시가 실렸고, 같은 해 4월에 『브루클린 데일리 유니언』에도 몇 편이 실렸다. 그리고 1870년대에 『시인들의 가면 극』에 실린 작품이 「성공」이었다.

디킨슨이 살아 있을 때 출간된 시 중에서 마지막 작품으로 알려진 「성공」은 문학 비평가이자 급진적인 노예 폐지론자였던 토머스 히긴슨의 추천으로 실린 것이었다. 1862년 봄에 디킨슨이 시집 출간을 염두에 두고 조언을 구한 사람이 히긴슨이었다. 히긴슨은 그녀의 작품을 칭찬하면서 좀 더 장편의 시를 쓸 때까지 출간을 연기하는 게 좋겠다고 조언하였고, 디킨슨은 학생을 자처하며 그의 충고를 귀하게 받아들였다. 아이러니하게도, 남북전쟁이라는 긴박한 상황에서 에밀리 디킨슨은 무려 800편에 달하는 시를 쓴 것으로 알려져 있다. 아마도, 그녀의 시에 대한 히긴슨의 관심과 조언이 그런 다작으로 이어졌다고 볼 수 있을 것이다. 디킨슨이 히긴슨에게 보낸 편지에서, 1862년에 자신의 목숨을 구해준 사람이 바로 그였다고 고백할 정도였다.

1860년대 말부터 에밀리 디킨슨은 외부 출입을 삼가고 철저한 칩거 생활에 들어간다. 집으로 찾아온 손님들에게도 얼굴을 보이지 않은 채 방의 문을 사이에 두고 얘기를 나눌 정도였고, 또 이때부터 하얀 무명 드레스를 즐겨 입었다. 1870년에 히긴슨이 애머스트를 방문해서 두 사람은 처음으로 대면하였는데, 그의 눈에 비친 그녀는 양 갈래로 가지런히 가르마를 탄 불그스름한 머리칼에, 평범하지만 아주 깨끗한 흰 무명옷을 입고 푸르스름한

망사 숄을 두른 작고 소박한 여인이었다. 그런데도 온몸의 힘이 절로 풀릴 만큼 압도하는 힘이 그녀한테 느껴져서, 히긴슨은 내심 그녀와 가까이 살지 않은 게 다행이다 싶었다고 한다.

왜 하필이면 수의를 연상케 하는 하얀 옷이었을까? 혹시 미리부터 죽음을 예비하고 있었던 것은 아닐까? 1874년 6월 16일에 디킨슨은 소중한 아버지를 잃었다. 보스턴에서 뇌졸중으로 쓰러져서 사망한 아버지의 조촐한 장례식이 집 안의 현관홀에서 열렸는데, 디킨슨은 문을 살짝 열어 놓고 자기 방 안에 있었고, 6월 28일에 열린 추도식에도 참석하지 않았다. 또 1년 후, 1875년 6월 15일에 어머니마저 뇌졸중으로 쓰러져서 부분 마비에 기억손상까지 겹쳤다. 당연히 가족들의 부담이 가중되었을 텐데, 어머니가 돌아가신 것은 5년 후인 1882년 11월 14일이었다. 30년 가까이 병석에 누워 있었던 어머니 — 디킨슨의 시 중에서 유독 죽음에 관한 시가 많은 것은 어쩌면 그녀 때문인지도 모른다. 그 외에도 에밀리 디킨슨은 1882년 4월에 그녀의 가장 소중한 지상 친구로 통했던 찰스 워즈워스 목사를 앞서 보내야 했고, 1883년에는 가장 아끼고 사랑했다는 조카를, 또 1884년에는 아버지의 가장 친한 벗으로, 그녀에게 사랑의 감정까지 불러일으켰다는 로드 판사마저 저세상으로 떠나보내야만 했다.

디킨슨의 말년은 그렇게 죽음이 그림자처럼 따라다니는 슬프고 아픈 나날의 연속이었다. 1884년 여름 어느 날 디킨슨은 부엌에서 빵을 굽다가 기절한다. 그리고 얼마 후에 그녀도 병을 얻어서 2년 후인 1886년 5월 15일 저녁 6시 무렵에 55세의 나이로 끝내 숨을 거둔다. 가족 주치의가 내린 에밀리 디킨슨의 사인은 신장염의 일종인 브라이트 병Bright's disease이었고, 그녀가 그 병을 얻은 지 2년 반 만이었다. 에밀리 디킨슨의 유해는 하얀 관에 안치되어 가족 사유지에 묻혔고 무덤 주변은 헬리오트로프, 난초와 야생 제비꽃으로 꾸며졌다. 그리고 장례식에서 히긴슨이 디킨슨의 애송시였던 에밀리 브론테의 시 「제 영혼은 겁쟁이가 아닙니다」를 낭송하였고, 고인의 바람대로, 그녀의 관은 미나리아재비 밭을 지나서 장지까지 마차가 아니라 사람들에 의해 운구되었다.

제 영혼은 겁쟁이가 아닙니다,
세상의 폭풍우 거친 영토에서 바들대는 이가 아닙니다.
밝게 빛나는 하늘의 광영을 보면
믿음도 똑같이 빛나서, 공포로부터 저를 무장시키니까요.

오, 저의 가슴속에 계신 하나님,
전능하고 항존하는 신이시여!
불멸의 생명, 당신 안에서
제가 힘을 얻듯, 제 안에서 안식하는 생명이시여!

사람들의 마음을 뒤흔드는
수천의 교의도 다 헛됩니다, 철저히 헛됩니다.

시든 잡초처럼, 무한대해 한가운데 떠 있는

하찮은 거품처럼 하잘것없습니다.

무한한 당신을 아주 단단히 붙들어

그 불멸의 견고한 바위에 아주 든든히

닻을 내린 자의 마음에서도

의심이 눈뜨니까요.

널리 얼싸안는 사랑으로

당신의 성령은 영원한 시간에 생기를 불어넣고

두루 미치고 품어주며

변화시키고 떠받치고 해체하고 창조하고 길러줍니다.

지구와 인간이 사라지고

태양과 우주도 없어져서

당신 홀로 남는다고 해도

모든 존재가 당신 안에서 살아 있을 것입니다.

죽음이 설 장소는 없습니다,

그는 무無에서 원자 하나 만들어 내지 못하니까요.

당신만이 존재요 생명입니다.

당신의 본질은 절대 파괴되지 않으니까요.

에밀리 디킨슨과 함께 평생을 독신으로 살았던 여동생 라비
니아의 결단이 아니었다면, 거의 1,800편에 달하는 디킨슨의 시
들이 많은 편지와 함께 한 줌의 재로 변해 버렸을지 모른다. 라비
니아는 언니가 남긴 커다란 상자에서 편지들과 깔끔하게 필사해
서 엮어 놓은 40여 권의 원고 시집, 철하지 않은 상태의 많은 시
원고들을 발견하였고, 그중에서 언니가 주고받은 편지들을 고인
의 유언대로 대부분 불태웠다. 그때 그녀가 시의 원고들까지 몽
땅 불태워 버렸다면 에밀리 디킨슨은 후세에 무명 작가로 남았
을 것이다. 다행히도, 라비니아는 언니의 시들을 보자마자 그 진
가를 알아보고 곧장 출간을 서둘렀다. 그렇게 해서 1890년 11월
에 디킨슨의 첫 『시집』이 출간되었고 1891년에 두 번째 『시집』,
1896년에 세 번째 『시집』이 연달아 시리즈로 출간되었다. 첫 시
집은 2년 동안 11쇄를 냈고 두 번째 시리즈도 2년 만에 5쇄를 내
며 대단히 성공했다. 이 시집들의 편집자는 에밀리 디킨슨의 문
학적 스승이었던 히긴슨과 그녀의 오빠 윌리엄의 연인 메이벌 토
드였다. 1955년에는 토머스 존슨이 내용이나 형식을 자의적으로
수정하지 않고 디킨슨의 원고를 그대로 살려 세 권으로 엮은 전
집을 처음으로 세상에 내놓았고, 3년 후에 씨어도라 워드와 함께
디킨슨의 편지들도 출간하기에 이른다.

에밀리 디킨슨의 시에 대한 초기 비평은 마치 소복 같이 하얀
드레스를 입고 집에서 은둔생활을 했던 그녀의 기괴한 삶에 초점
이 맞춰져 있었다. 그야말로 그녀의 숨겨진 삶을 들춰내는 작업이

었다. 그러나 어느새 그녀는 아주 혁신적인 여성 시인으로서, 19세기 낭만주의시대를 넘어 미국 현대시의 원조로까지 통하고 있다. 유명한 비평가 해럴드 블룸은 월트 휘트먼, 윌리스 스티븐스, 로버트 프로스트, T. S. 엘리엇 등과 함께, 에밀리 디킨슨을 주요 미국 시인으로 꼽았다. 에밀리 디킨슨의 시는 흔히 삶, 사랑, 자연과 죽음의 주제로 분류된다. 그녀의 시는 간결하면서도 아주 강렬하다. 주제마다 번득이는 재치와 진솔한 열정, 예리한 통찰이 돋보인다. 그것이 그 누구도 흉내 낼 수 없는 철저한 예술가 시인 에밀리 디킨슨의 변별적 특질들이라 할 수 있다.